Denis Lachaud

COMME PERSONNE

roman

ACTES SUD
HUBERT NYSSEN EDITEUR

à Rozenn

merci Eric

I

Il embrassa Estelle sur le bout de joue qui émergeait de l'oreiller, se tourna vers le radio-réveil, arrêta l'agaçante musique du matin, se rapprocha, chuchota un "bonjour" au-dessus de l'oreille, se pencha vers le visage encore endormi et dessina de la pointe de la langue le contour de la jolie bouche. Elle fit surface. Il se levait. Dans la pénombre, Estelle vit deux fesses blanches s'éloigner du lit puis disparaître dans un peignoir blanc. Elle roula sous la couette vers la place de l'homme, se baigna dans l'odeur dégagée par sa chaleur. Le coton bleu de l'oreiller retenait aussi quelques cheveux, des noirs, des blancs, l'empreinte d'un front.

— Café ou thé ?

Il l'interrogeait de la cuisine, assez fort pour qu'elle entende mais sans crier.

— Comme vous.

Estelle s'amusait encore à lui donner du "vous" puisqu'il s'était obstiné à la vouvoyer la veille au soir, même au lit et jusque dans le noir. Elle buvait café ou thé indifféremment le matin, l'un ou l'autre quelle importance quand elle se réveillait chez un homme pour la première fois. Son plaisir consistait à le découvrir parmi ses habitudes.

— Alors ce sera café.

Elle eut envie de le regarder évoluer dans cette cuisine qu'elle ne connaissait pas. Elle fit glisser une porte de l'imposant placard, un pan de mur entier, décrocha au hasard, avant de se sentir trop indiscrète, une chemise bleu ciel parmi les dizaines alignées dans la penderie. Elle remarqua que toutes étaient repassées et rangées dans le même sens, un homme très ordonné pensa-t-elle, avant d'y voir la probable main d'une femme de ménage. Elle se dirigea vers les bruits de tiroirs, de couverts et d'assiettes.

— Je vous ai emprunté une chemise.

Il se retourna, la découvrit appuyée au chambranle, sourit, elle avait boutonné samedi avec dimanche, irrésistible. Il se précipita vers la chambre (la bouilloire s'apprêtait à chanter, le grille-pain à donner ses tranches), revint armé d'une paire de grosses chaussettes en laine, de celles que l'on cherche au fond d'un tiroir quand on part à la montagne.

— Le carrelage est glacial. Mettez ça.

Elle s'appuya au réfrigérateur et enfila les chaussettes.

Il portait la tasse de café à ses lèvres en buvant Estelle du regard. Il détaillait chaque trait de son visage, semblait chercher à les inscrire dans sa mémoire afin de se les redessiner plus tard, dans la journée. Aucun signe de méfiance, aucune retenue apparente. Quand leurs regards se croisaient, ils se souriaient. Celui d'Estelle revenait invariablement se fixer sur le bouquet poivre et sel qui, au moindre mouvement, s'agitait dans le décolleté du peignoir. Cet homme lui plaisait. Le matin, au petit-déjeuner, il avouait chacun de ses quarante-cinq ans. Les cheveux en désordre semblaient plus rares que la veille, la peau du visage plus fatiguée, plus fripée, plus pâle. Estelle aimait côtoyer l'autre quand il est à découvert. Elle croyait à la chimie de ces moments-là plus qu'à tout autre forme de séduction.

Elle l'avait rencontré la veille, à l'occasion d'un dîner chez un ami de Viviane, sa grande complice, "tu dois absolument venir, Estelle, il y aura Vincent Roze, ce collègue d'anglais que je veux te présenter, un peu jeune pour toi mais quand même, on ne sait jamais".

Estelle avait serré la main de Vincent Roze quand Viviane le lui avait livré. Il était charmant, peut-être même beau, mais un peu vert en effet. Il devait tout juste avoir dépassé les trente ans. Or Estelle n'affectionnait pas particulièrement les hommes de son âge. Elle penchait pour les hommes mûrs, les corps ayant perdu la finesse post-adolescente des trentenaires qui entretiennent l'illusion, les couvertures confort qui dissimulent pourtant les musculatures encore fermes. Il en allait ainsi pour elle depuis l'adolescence.

Estelle se réjouissait de vieillir. Elle s'était récemment débarrassée du sentiment gênant que l'on pouvait prendre son amant pour son père.

Au moment de passer à table, elle découvrit que Vincent Roze avait été placé à sa gauche. Elle n'eut aucune pitié pour ses timides approches car elle venait de découvrir à sa droite un inconnu qui avait d'emblée capté toute son attention, bel homme, quarantaine sonnée, chevelure courte poivre et sel, deux billes noisette ornées de minuscules rides s'allumant au moindre sourire. Ils avaient vite brisé la glace, les premiers pas de découverte ne leur avaient demandé aucun effort. Le défilé des plats leur avait échappé, de même que le départ du dépité Vincent Roze. Tout juste Estelle avait-elle croisé le regard interrogateur et intéressé de Viviane. Il s'appelait William, parlait d'une voix chaude, écoutait, s'intéressait, il sentait bon. Il sentait très bon.

Bien sûr il avait une voiture, proposa en fin de soirée de la raccompagner. Elle le voulait, dès ce soir. Il semblait la désirer, lui aussi, mais elle ne se fiait plus à ce genre d'intuition. Mieux valait lui ménager une retraite possible.

— Volontiers William, je n'ai pas le courage de chercher un taxi, à une heure du matin.

Arrivé en bas de chez elle, il se gara en double file, le temps de boucler la passionnante discussion qui s'était engagée à propos de la traduction littéraire, le métier d'Estelle. Le faubourg Saint-Antoine était très animé, la circulation dense. Comme il y avait encore beaucoup à dire, il se gara mieux et coupa le contact. Estelle lui proposa alors de monter chez elle, on serait mieux là-haut pour parler, devant une tisane. Alors il se pencha vers elle et l'embrassa. Estelle finit par renouveler sa proposition, elle ne se sentait pas à son aise dans la voiture. Il attendit quelques secondes avant de lui répondre.

— Si ça ne vous ennuie pas, j'aimerais autant vous emmener chez moi.

— Comme vous voulez.

Elle regretta un instant de ne pas avoir insisté pour le faire monter chez elle. Elle avait eu très envie de le coucher dans son lit, d'y découvrir son corps, elle s'en apercevait maintenant que la voiture s'engouffrait dans la rue de la Roquette, mais après tout ce serait mieux ainsi, plus pratique, il n'aurait pas à repasser chez lui le lendemain matin avant d'aller travailler, elle n'avait pas d'horaire, on gagnerait du temps de sommeil.

Estelle oublia cette légère frustration en pénétrant dans le hall d'un splendide immeuble haussmannien. Elle n'avait pas plus suivi le trajet que le repas. Elle se souvint seulement avoir longé le Père-Lachaise, on se trouvait probablement dans le vingtième, un arrondissement qu'elle ne connaissait pas bien. Et déjà il ouvrait la porte de son appartement, on venait de monter plusieurs étages, Estelle en ignorait le nombre. Elle reprit pied grâce à une idée, une envie soudaine qu'elle décida de formuler.

— Je peux vous déshabiller ?

Il venait de refermer derrière elle. La question l'immobilisa, main droite sur la poignée. Estelle vit la surprise arrondir ses yeux, elle n'attendit pas de réponse, craignant sa propre timidité, l'attrapa par la veste, tira doucement, l'obligeant à renoncer à sa porte blindée (elle le vit rouvrir précipitamment et s'enfuir à toutes jambes, puis, variante réaliste, rouvrir précipitamment, la jeter dehors, en vrac, sur le tapis rouge du palier et lui envoyer son sac à main dans la gueule), puis la merveilleuse odeur la réveilla. Il se laissait faire, ne disait rien, tentait un sourire approbateur, à la fois excité et gêné. La cravate tomba. Estelle fit sauter le premier bouton de la chemise et prit un temps de réflexion. Ce qu'elle allait faire, c'était déboutonner entièrement la chemise avant même d'ôter la veste. Elle posa le sac à main qu'elle avait jusque-là serré sous un bras. Bouton après bouton, la chemise s'ouvrit. William fixait les mains qui le déshabillaient, très concentré, incrédule. Après avoir extrait les pans de chemise du pantalon, Estelle détailla la couleur légèrement mate de la peau, le sillon de poils sur le ventre, son cœur accélérait, rien ne l'excitait tant que le moment où l'être de chair apparaissait sous le costume. Il amorça un mouvement pour l'aider à ôter ses boutons de manchette. Elle l'arrêta, les dégrafa elle-même (ils dépassaient de la veste), les posa sur un guéridon, près d'un jeu de clés, glissa ses mains sous l'étoffe au-dessus du nombril (l'estomac se rétracta), remonta jusqu'aux épaules (peau très douce), poussa au col avec les poignets en écartant les bras et le haut tomba. Les deux couches en même temps. Un frisson parcourut le torse nu, un torse épais légèrement gras, comme elle les aimait. Elle prit la main gauche de William, souleva le bras en regardant les poils de l'aisselle s'épanouir en éventail, lui appuya la main contre le mur gauche du vestibule, au-dessus du guéridon, se baissa, attrapa le pied gauche, le genou se plia et la chaussure tomba, bientôt suivie par la chaussette (cinq orteils s'agitèrent à la recherche d'une planque et s'apaisèrent en reprenant contact avec le sol, terrain connu). Après avoir dévoilé le pied droit, elle se releva, ramena le bras gauche le long du corps, là où elle l'avait trouvé. La main se réfugia dans la poche du pantalon. Estelle s'approcha, embrassa l'épaule glabre et ressortit la main de la poche. Elle l'embrassa aussi pour lui donner du courage. William la regardait, visiblement très ému. Elle lâcha le regard, descendit au niveau de la ceinture. Elle ne s'arrêta pas sur la légère contraction du ventre et la ceinture sauta. Elle libéra dans le même mouvement les deux boutons à la taille et dézippa la braguette. Le pantalon tomba sur les chevilles. Elle se baissa le long des cuisses, il appuya la main gauche sur le mur, elle ôta le pantalon, se releva. Les mains s'étaient rejointes dans le dos. Estelle pensa à Xavier, le premier homme avec lequel elle avait vécu, qui plaçait toujours les mains dans le dos au moment où on allait le photographier. Elle lui en avait fait la remarque, il avait dit qu'ainsi il se sentait moins con. Le sexe de William poussait sous la bande élastique du slip. Elle glissa ses doigts à l'intérieur, au niveau des hanches, les ramena vers le pubis en écartant l'étoffe, libéra le sexe tendu. William avait rougi, elle venait de découvrir, cette Estelle venait de découvrir la curiosité, la bizarrerie qui avait empoisonné son adolescence, cette calamité qui l'avait conduit jusqu'à la tentative de suicide à l'âge de quinze ans, barbituriques sur whisky, hôpital, lavage d'estomac et retour d'entre les presque morts, cette femme qu'il connaissait à peine venait de découvrir son érection vrillée d'un quart de tour, tire-bouchonnée (il s'était longtemps demandé s'il pourrait jamais pénétrer une femme, si la torsion s'accentuerait, s'il ne risquait pas de voir un jour cette bite ratée casser comme un poireau dans un cabas). Le slip tomba.

Estelle enleva son imperméable.

— Où est votre chambre ?

Elle laissa la main à un William que l'entrée en matière avait, de façon évidente, désarçonné. Dès qu'il l'eut allongée sur son lit, tout s'accéléra. Il s'activa avec application et savoir-faire, autorité même, concentrant toute sa douceur dans ses doigts et sa bouche. Soudain il s'écarta d'elle, s'agenouilla et, de dos, sortit une capote qu'il enfila le plus rapidement possible avant de revenir. Pas un mot n'avait été prononcé depuis le vestibule. Estelle n'osa pas lui demander de la laisser assister à l'habillage, le voir penché sur son sexe. Pas plus n'osa-t-elle évoquer un éventuel lubrifiant. Elle ne se sentait plus le courage de le troubler dans sa rassurante routine.

La première fois qu'elle faisait l'amour avec un homme, elle était tout entière absorbée par la découverte. Elle était comme hors d'elle-même, le plaisir qu'elle recherchait n'était pas celui que donne la jouissance. Pour cela, elle n'était pas pressée, surtout si une histoire paraissait envisageable. La pénétration arrivait toujours trop tôt. Elle était systématiquement surprise (et déçue) de s'apercevoir qu'il en était déjà là. Il voulait entrer. Il le devait. D'une certaine façon, c'était là que tout commençait pour lui. Elle n'avait pas eu le temps de gagner du terrain sur l'étrangeté de l'inconnu, de l'imaginer en elle. Mais elle avait appris à s'en accommoder, elle s'adaptait et savait d'expérience qu'il ne s'apercevrait de rien. Après, il suffisait d'attendre qu'il éjacule et on ferait mieux un autre jour. Malgré tout, cela se présentait bien avec ce William, les quelques minutes de vestibule la portaient encore. Quand il s'effondra sur elle les dents serrées, le radio-réveil indiquait 2:22. Estelle sourit. Il se leva pour jeter le préservatif usagé.

Avant d'éteindre la lumière, il s'appuya sur un coude.

— Demain je dois me réveiller vers huit heures, est-ce que cela vous convient ?

— Huit heures, c'est parfait.

Estelle se retourna pour attendre le sommeil. William vint s'encastrer contre elle tout en glissant une main sur son ventre.

— Faites de beaux rêves.

En moins de trente secondes, il s'endormit, sa respiration s'alourdit. Il faisait partie de la catégorie des hommes qui sombraient comme des pierres et ronflaient dans la descente. Elle bougea à intervalles réguliers pour interrompre le concert. Après un quart d'heure, il partit réchauffer l'autre bout du lit et le silence se fit. Cette chambre sentait la cire. A l'étage au-dessus, quelque insomniaque arpentait son appartement sous les protestations du parquet. Le lendemain, elle serait rentrée vers neuf heures et demie, trierait son courrier devant un café, s'installerait à son bureau à dix, travaillerait probablement jusqu'à dix-neuf, ne s'interrompant que le temps d'avaler une tranche de pain avec du fromage, rejoindrait Viviane pour dîner. Elle se retourna et posa une main sur le dormeur, caressa la nuque, enroba l'épaule gauche, longea l'omoplate, rejoignit la colonne vertébrale jusqu'aux fesses, s'arrêta sur la cuisse gauche. La peau était douce et ferme, aussi lisse dans le dos que poilue sur le torse. A son tour, elle épousa la forme de l'autre corps, logea ses genoux, posa une main sur le sommet de la tête, un pied sur une des chevilles.

Estelle retrouvait avec joie la chaleur du lit partagé. Elle ne tarda pas à s'endormir.

Il était sous la douche. Estelle se promenait dans l'appartement. Le double séjour ouvrait sur le sud, par quatre doubles fenêtres, la lumière circulait entre quelques meubles et beaux objets, table, chaises, canapé, fauteuils, vases semi-translucides colorés dans la masse, posés sur de petites formes basses disséminées. La cuisine, la chambre et le bureau se répartissaient sur trois côtés d'une cour intérieure suffisamment vaste pour absorber la cacophonie de radios, télés et scènes de ménage du voisinage. En prolongement du bureau, Estelle entrouvrit la seule porte fermée (à part celle de la salle de bains où William chantait d'une agréable voix de baryton). Elle découvrit une chambre qu'elle attribua à un adolescent, un garçon. Une généreuse accumulation d'affiches de films et d'expositions en tapissait les murs sans parvenir à dissimuler un papier peint tape-à-l'œil démodé.

Au bas mot, l'appartement devait couvrir cent vingt mètres carrés.

Estelle referma la porte, se dirigea vers la chambre de William et s'habilla. Elle se doucherait en rentrant.

Il la rappela dans l'après-midi. Estelle terminait la traduction d'une série de nouvelles qu'elle avait décidé de remettre à l'éditeur avant la fin de la semaine. Il lui posa de multiples questions, quels sujets traitaient les textes, qui en était l'auteur, vivait-il toujours… Il finit par admettre qu'il n'avait pas envie de travailler, qu'il ne faisait rien de bon depuis le début de la matinée, que sa secrétaire se moquait de lui, de sa mine réjouie, qu'il lui téléphonait pour satisfaire une envie devenue irrépressible d'écouter le son de sa voix. Une pointe d'agacement piqua Estelle. L'exposé passionné sur Graham Necker et son œuvre ne constituait pour William qu'une occasion d'entendre la voix de la femme qu'il avait couchée dans son lit la veille. Cette pensée déclencha une réaction en chaîne d'autoculpabilisation, tu vois le mal partout, non il ne se fout pas de ce que tu racontes, il est juste sur un petit nuage, ne commence pas à mordre avant qu'on ne t'ait attaquée, détends-toi, si tu l'agresses il va fuir, laisse-toi un peu aller, il va te demander un rendez-vous, tu as envie de le revoir alors réjouis-toi, réapprends à te réjouir, c'est l'occasion, sinon enterre-toi vivante dès maintenant, pauvre fille, creuse ta propre tombe et jette-toi dedans et mange la glaise et étouffe-toi, c'est tout ce que tu mérites…

— Vous êtes libre ce soir ?

— Non, pas ce soir, William, mais demain si vous voulez.

— Demain, d'accord.

Il l'invita à dîner chez lui. Là n'était pas son habitude mais il se débrouillerait bien pour préparer quelque chose de mangeable, au pire il se ferait livrer. Le plus important serait de l'avoir là, près de lui, sans personne autour pour obliger à trop se tenir. Qui était cette femme qui l'avait déshabillé, expérience inédite et des plus troublantes qu'il avait laissée se dérouler sans la moindre résistance malgré l'inconfort, la gêne, la quasi-humiliation ressentis, qui était parvenue à lui rendre cela excitant, était en train de l'entraîner à quarante-cinq ans sur un sentier inconnu, lui qui n'avait rien d'un aventurier ni d'un explorateur ? Il commençait déjà à compter les heures qui le séparaient de leur prochaine rencontre. Il aimait l'attente, y voyait un moyen d'augmenter le plaisir. Une seule ombre dépréciait le tableau : que faisait-elle ce soir ? Que pouvait-elle bien avoir prévu qu'elle n'annulait pas pour le revoir plus vite ? Etait-il en train de s'attacher à elle plus qu'elle à lui ? Il décida d'attendre avant de lui révéler l'existence de son fils Walter. Estelle venait dîner le jeudi soir, Walt passait le week-end chez lui, il arriverait le vendredi après les cours, comme d'habitude. William prétexterait une raison professionnelle pour justifier son indisponibilité jusqu'au lundi. Il saurait mesurer l'indifférence ou l'intérêt d'Estelle à sa plus ou moins vive déception et, de toute façon, il partait à Las Vegas le jeudi suivant pour un salon, cinq nouveaux jours d'absence donneraient du poids à sa stratégie.

Estelle avait répondu sans réfléchir. Pas question d'annuler son dîner. Elle n'allait pas retomber dans les mêmes panneaux qu'avec Xavier, il était vital de continuer à voir Viviane. Quoi qu'il arrive, elle maintiendrait la fréquence de ces tête-à-tête. Au moins une fois par semaine. Et mieux valait faire au départ un effort qui pouvait sembler antinaturel quand tout allait pousser à la fusion. Estelle le savait d'expérience, les liens amoureux se nouaient d'emblée de façon complexe et quasi inextricable, tout besoin d'autonomie qui n'était pas affirmé dès le départ pouvait être mal perçu ensuite.

Quand Estelle avait, après quelques semaines de conte de fées, exprimé l'envie de passer une soirée sans Xavier, il y avait vu un recul, le début de la fin. Les tensions avaient commencé ce jour-là, Xavier s'était senti abandonné, dépossédé même. A vingt ans, Estelle n'avait aucun argument à opposer à la violence de la crise qui l'avait accueillie à son retour, elle s'était juste sentie totalement désarmée et, après quelques heures d'insomnie, fautive. C'était juste deux mois après leur rencontre, une rencontre inoubliable, parfaite. Alors qu'elle préparait le concours d'entrée d'une école d'interprètes, Estelle s'était accordé une semaine de vacances à la montagne. Elle était partie seule à Chamonix, elle adorait dévaler les pentes sans avoir à attendre qui que ce soit, elle s'arrêtait quand elle le souhaitait pour boire un thé à la terrasse du bar d'altitude. C'est là qu'elle vit Xavier, assis face aux montagnes, la jambe droite dans le plâtre. Il était membre de l'équipe de France de ski alpin, venait de se faire une entorse du genou avec déchirure des ligaments croisés. A trente-trois ans, cela devenait difficile, après une énième blessure grave, de trouver la patience et la motivation nécessaires pour remonter la pente jusqu'à la compétition. Tel qu'elle le voyait, là, sur la terrasse du bar dont il était propriétaire, il s'interrogeait sur son avenir. Il avait un très joli palmarès, plusieurs sociétés lui proposaient de rejoindre leur service communication. Il hésitait entre tenter une dernière saison de coupe du monde, raccrocher les skis pour s'occuper des différentes affaires qu'il avait achetées dans la région ou quitter la montagne, changer de vie. Estelle ignorait tout du sport de haut niveau. Il lui raconta l'entraînement, la course, la vie d'hôtel en hôtel, les amis, les ennemis, les amis qui deviennent des ennemis quand on commence à les battre. Elle prolongea son séjour, posa sa valise dans le chalet de Xavier. Dix jours plus tard, il décida de venir commencer sa rééducation à Paris. Il avait choisi Estelle. Il serait à pied d'œuvre quand il se déciderait à contacter ses employeurs potentiels. Leur couple dura six ans.

Une légère angoisse la tenait. Peut-être William déduirait-il de ce refus qu'elle traitait par-dessus la jambe leur relation naissante. Viviane tenta de la détendre.

— De toute façon, tu n'y peux rien.

— Non.

Estelle avait éteint son ordinateur à dix-neuf heures trente, avait marché jusqu'à la rue Trousseau où Viviane et Nicolas habitaient depuis plus de dix ans. Il avait ouvert la porte. Viviane était sous la douche. Estelle avait bu un Martini en regardant les photos de vacances en Mongolie. Assis à côté d'elle, Nicolas racontait le voyage. On les voyait, l'un après l'autre, à cheval ou à pied dans de grandes plaines. Le couple revenait chaque année, quelques jours avant la rentrée scolaire, d'un merveilleux séjour à l'autre bout du monde. Estelle avait déjà pu admirer les photos de Madagascar, de Tanzanie, de Bolivie, du Laos et du Viêtnam. A peine récupéraient-ils de la fatigue occasionnée par le décalage horaire et chacun reprenait le chemin de l'établissement où il enseignait le français.

Viviane les avait rejoints, avait bu un verre en commentant les dernières images du reportage et les deux amies étaient sorties dîner dans le faubourg Saint-Antoine.

— Tu as eu le bon réflexe.

— Tu crois ?

— Ou cet homme est assez intelligent et, à son âge, il a appris de la vie que tout ne s'arrête pas quand on fait une nouvelle rencontre, ou il n'en vaut pas la peine.

— Tu as raison.

— En tout cas, tu as une sacrée bonne mine.

— Tu trouves ?

— Je ne t'ai pas vue dans un tel état d'agitation depuis longtemps.

— Tu ne m'as jamais vue dans un tel état.

Estelle avait prévenu, elle détestait les retards de convention. Il allait être vingt heures, elle sonnerait à l'interphone d'un moment à l'autre. Incapable de s'occuper, William s'était assis dans un fauteuil. Il avait déjeuné avec sa mère, l'avait distraitement écoutée raconter sa soirée de la veille, “On a reçu les Chedal à dîner…”, en s'habillant mentalement pour le soir. Il se doucherait en rentrant, mettrait un caleçon noir, une chemise gris clair, pas de T-shirt en dessous (plus sexe) et son pantalon de velours beige. Il allait se pencher sur l'épineux choix des chaussettes quand son oreille fut rattrapée par la description maternelle du plat concocté pour les Chedal. C'était décidé, lui aussi ferait du poisson avec des poireaux et du riz sauté. Il n'avait encore jamais acheté de poireaux mais après tout, il n'était jamais trop tard pour se lancer. Il suffisait, selon maman, de hacher fin deux ou trois légumes, de les faire revenir (cuire, si tu préfères, merci maman, je sais quand même ce que signifie faire revenir) dans une poêle, de verser de la crème fraîche liquide, de saler et de poivrer. C'était simple, il allait fourrer deux dos de merlu Picard dans la Cocotte-minute pendant que le riz gonflerait et le tour serait joué.

Dans un premier temps, William pensa faire revenir les poireaux avant la venue d'Estelle mais il se ravisa. Il ne souhaitait pas l'accueillir nimbé d'une odeur de poireaux revenus. Il lancerait tout après avoir servi l'apéritif. Cependant, il vit ses plans quelque peu bouleversés car il se retrouva à poil dans l'entrée, comme l'avant-veille.

Au lit, Estelle amena William à prendre son temps. Il ne se cacha pas au moment d'enfiler le bonnet, elle s'en délecta et, quand il s'annonça, elle l'attendait.

Ils se rhabillèrent pour le dîner. Il l'abandonna au salon avec un Campari orange, le temps de tout préparer, refusant qu'elle l'aide ou même le regarde opérer. Elle patienta en épluchant un *Nouvel Obs*. La rentrée des classes approchait, les professeurs et les instituteurs ceci, les parents d'élèves et leurs enfants cela, une odeur de poireau se faufilait. Estelle résista à sa curiosité, William l'avait interdite de séjour dans la cuisine, elle s'y tiendrait. Dans quelques minutes, ils s'installeraient à table, Estelle s'extasierait sur les talents culinaires du chef, on mangerait et commencerait à parler. Une nouvelle porte s'ouvrirait. Chacun raconterait son passé, la famille, les événements fondateurs. Estelle pensait à l'adolescent fantôme de la chambre vide. Il devait vivre chez sa mère depuis le divorce de ses parents, passer un week-end sur deux chez son père, quelque chose comme ça. S'entendaient-ils bien, combien de temps William mettrait-il à le lui présenter (si leur histoire durait bien sûr), le fils accepterait-il la présence d'une femme aux côtés de son père, était-il sympathique ou très con comme savent l'être les ados ? Et si la chambre vide cachait une catastrophe ? Peut-être l'adolescent et sa mère étaient-ils morts dans un accident. Peut-être William, incapable de faire son deuil, conservait-il la chambre en l'état, cet homme qu'elle avait rencontré par hasard à un dîner tentait éventuellement de revenir à la vie, faisait un effort surhumain, pour l'accueillir, elle, au milieu des ruines de…

— A table.

Après avoir goûté le poisson et son accompagnement de poireaux…

— C'est excellent, vous aimez cuisiner ?

— Oh, pas vraiment, vous savez, c'est très simple…

— William, et si on se tutoyait ?

— Euh, d'accord.

… Estelle ouvrit le débat confessions par une question directe sur la chambre inoccupée, autant mettre les pieds dans le plat tout de suite avait-elle décidé, ainsi saura-t-on sur quel pied danser.

Il s'était marié à vingt ans avec une copine de fac, ils avaient attendu de pouvoir compter sur un revenu stable avant de faire un enfant, William était entré chez Péchiney à vingt-quatre ans, Nathalie avait mis plus d'un an à tomber enceinte, Walter était né en janvier soixante-dix-neuf. Cinq ans plus tard, William était P-DG de sa propre entreprise et Nathalie le quittait. Il déclara ne pas avoir été surpris outre mesure, il considérait qu'ils s'étaient mariés par pure flemme d'aller voir ailleurs. Il avait, au moment de la désertion de son épouse, d'autres chats à fouetter, la boîte commençait à tourner, le chiffre d'affaires venait de prendre trois cents pour cent. Il ne parla pas des raisons pour lesquelles sa femme avait "déserté", ni par pudeur, ni par peur de se dévaloriser aux yeux d'Estelle, mais parce qu'il les ignorait. Elle n'osa pas l'interroger à ce sujet.

Il avait trouvé cet appartement à deux pas du domicile conjugal que Nathalie avait gardé. Ils avaient réussi à ne pas faire appel à un juge pour réglementer leur quotidien, leur fils passerait au minimum un week-end sur deux chez son père. Walter était toujours présent lors des week-ends prévus. Silencieux mais présent. Par contre, le garçon ne venait jamais à l'improviste, malgré des encouragements répétés.

— ... Mais je parle constamment de moi et je ne sais rien de toi.

Tout en écoutant, allongée dans le canapé, dîner terminé, le récit de l'homme sur les genoux duquel elle avait posé sa tête, Estelle avait réfléchi à ce qu'elle allait bien pouvoir raconter. Et le moment était venu, William ne souhaitait pas s'appesantir sur la complexité de la relation qui le liait à son fils, elle devait prendre le relais.

— Oh, moi, j'ai vécu six ans avec un homme et trois avec un autre.

— Ah bon ? et qui étaient-ils ?

— Qu'entends-tu par là ?

— Que faisaient-ils dans la vie ?

— Le premier est un champion de ski reconverti dans les affaires, il...

— Un champion de ski, tiens tiens, intéressant, et le deuxième ?

Estelle s'était redressée.

— Le deuxième, informaticien, pourquoi ?

— Et comment s'appelaient-ils ?

— John et Xavier.

— John ? Le skieur ? Il n'était pas français ?

— Non. Le skieur, c'est Xavier, John c'est l'informaticien, il est américain.

— Mais le skieur, il était bon ? Il skiait à haut niveau ? Je veux dire, comme ceux qu'on voit à la télé, les slalomeurs, le géant, le spécial ?

William s'était tourné vers Estelle, la tête appuyée sur le bras plié, dans une apparente nonchalance. Estelle voyait surtout le coude pointé vers elle, qui menaçait de percer la manche de chemise.

— Xavier était un descendeur, on va faire la vaisselle ?

— J'ai un lave-vaisselle.

— Si mes souvenirs sont bons, ce genre de machines, ça ne se remplit pas tout seul.

Sans attendre, Estelle commença à débarrasser. William la rejoignit. Elle l'occupa avec des questions, et toi ton travail, tu ne m'as pas parlé de ton travail, tu diriges une société qui vend quoi… le temps de voir disparaître le gros nuage noir qui avait tout obscurci.

Estelle le déshabilla les trois premières fois. Elle passait la porte, renouvelait sa demande, remplaçant un "vous" par un "tu" et rajoutant un "encore", "je peux te déshabiller encore ?", alors à la quatrième visite, la dernière avant son départ pour Las Vegas, William souleva les bras pour lui signifier qu'il se tenait à sa disposition, avant même qu'elle ait parlé. Elle réagit immédiatement, ôta ses propres vêtements, l'un après l'autre, dans l'entrée, tout en regardant William droit dans les yeux. Une fois nue, elle le prit par la main, l'entraîna jusqu'à la chambre où il avait tout préparé, descendu les stores, allumé les lampes de chevet et dégagé la couette. Elle s'assit sur le matelas et lui demanda de se déshabiller devant elle. Il s'exécuta, bien sûr, mais avec un embarras indescriptible, proche de la souffrance. Se laisser foutre à poil lui paraissait simple maintenant qu'il s'agissait de faire un strip-tease devant une femme qui suivait chacun de ses mouvements, difficile de tenir le regard aussi droit qu'elle trois minutes plus tôt dans l'entrée, pendant que ses vêtements à elle tombaient sur le parquet. Il ne savait pas comment procéder, par où commencer, par quel bout se prendre, choisit la chemise et, tout en défaisant les boutons, essaya de se rappeler l'ordre dans lequel elle l'avait effeuillé les trois premières fois. Il était obnubilé par la gaucherie de ses mouvements, surtout après avoir lancé sa chemise sur une chaise : comment allait-il enlever chaussures et chaussettes ? Comment faisait-on pour enlever ses chaussettes debout devant une femme qui mate, sans avoir l'air d'un con, d'un héron, comment s'en sortir sans prendre un air lascif à coup sûr ridicule ? Il sentait son visage virer au rouge pivoine, son cœur battait dans ses oreilles mais il s'interdit de reculer, se donna du courage en comptant les points qu'il marquait en se prêtant au jeu, même maladroitement, même à la façon d'un bœuf charolais dans un magasin de lingerie fine, elle le regardait, elle s'était laissée tomber en arrière, elle n'en perdait pas une miette, appuyée sur les coudes, jambes croisées, les deux seins pointant vers le plafond, il voulait marquer tous les points possibles, c'était la femme qu'il attendait, qu'il avait cherchée partout, toujours, depuis l'âge d'homme, il en était à présent persuadé, il se sentait lucide comme jamais, il ne la laisserait pas passer, du moins jetterait-il toutes ses cartes dans la bataille afin de la séduire, de la convaincre qu'ils étaient faits l'un pour l'autre, qu'elle devait l'épouser et passer le reste de ses jours avec lui, lui donner un autre enfant, pourquoi pas plusieurs, vieillir avec lui, lui fermer les yeux le moment venu, il avait fallu ce premier mariage, l'échec, les quatorze ans de solitude, pour enfin la rencontrer… L'obstacle chaussettes étant derrière lui, il s'accrocha quelques secondes à sa ceinture puis le pantalon tomba sur ses chevilles. Alors il fit glisser le caleçon noir moulant Calvin Klein tout neuf le long de ses cuisses, lentement, après avoir révélé le dernier morceau de lui, tendu à sa manière unique. Il monta sur le lit, debout au-dessus d'elle, un pied de chaque côté de ses hanches. Qu'elle le voie.

Le séjour à Las Vegas avait plongé William dans une intense réflexion. Il avait oublié l'avenir radieux entrevu pendant son strip-tease, il avait perdu ses certitudes et son impression de lucidité absolue mais, quand même, s'avouait qu'il ne s'était pas senti dans un état pareil depuis des années, à vrai dire depuis la rencontre avec Nathalie, sa première femme. Sa joie d'être éventuellement (ne vends pas la peau de l'ours, laisse-toi le temps, on se leurre si facilement) amoureux à nouveau, la nuit blanche dans l'avion du retour qu'il avait employée à fantasmer sur les retrouvailles, l'impression de manque à son apogée à Charles-de-Gaulle au moment d'apercevoir Estelle derrière les deux portes coulissantes ouvertes, au-delà du contrôle douanier (elle était venue, merci le ciel et tous les saints), l'envie de supplier les douaniers de le laisser passer sans l'emmerder, l'envie de leur baiser les pieds d'avoir choisi le petit monsieur au pantalon post-beatnik vermillon, vert et jaune à carreaux autant dire suspect, la tendance à marcher sur les voyageurs le précédant, le séparant d'elle qui déjà souriait, contournait la barrière, s'approchait, ouvrait les bras, le serrait contre elle avec une pudeur de lieux publics, l'embrassait maladroitement, puis la main qu'elle lui donnait en le conduisant vers les taxis, l'attente les yeux dans les yeux, le petit voyage Roissy-Paris, à raconter le boulot, les Américains, ces cinglés, et Las Vegas, les casinos, les lumières, les ballets de jets d'eau en plein désert, puis la montée de l'escalier en arrivant à Gambetta, la douche sous laquelle elle l'accompagna, l'intensité de leur désir, la violence de leur étreinte dans ce petit espace saturé d'humidité, quasi plongé dans un brouillard marin, les yeux clignotant sous les mèches de cheveux collées à son visage… plus une bonne semaine à laisser mûrir encore et William avait considéré qu'il devenait urgent d'organiser une rencontre entre Estelle et Walter. Finie la vie de célibataire vieillissant entre ses fidèles copains, distrait de-ci de-là par quelques rencontres avec quelques femmes dont il savait dès le premier regard qu'elles ne parviendraient jamais jusqu'à lui, qu'il ne leur laisserait aucune chance au-delà de l'échange de caresses et plaisir. Il avait aimé cela, cette absence d'engagement qu'il qualifiait secrètement de retour à l'enfance, là où les choses sont légères, là où se prend et se donne du gratuit. Surtout, il avait pris l'habitude de beaucoup travailler. Comme il disait, il faisait rentrer le blé dans la grange. C'était là encore un moyen de prolonger l'enfance. Il ne comptait pas son temps, vivait les affaires comme un jeu. Il gagnait sa vie comme il avait joué au Monopoly avec Walter, sérieusement et sans états d'âme. Même si cela n'avait pas été simple, il avait trouvé son rythme de croisière.

Il était vraiment amoureux, c'était à présent sûr et certain, il ne s'agissait plus de minauder frileusement, Estelle devait partager sa vie le plus vite possible.

Elle accepta de rencontrer Walter à condition que l'adolescent soit d'accord. William n'avait pas envisagé l'éventualité d'un rejet de la part de son fils mais soit, pourquoi pas, "Walter, tu peux venir deux secondes… Il faut que je te parle…" Le père et le fils s'étaient assis sur les grands tabourets du comptoir-bar de la cuisine.

— Voilà je suis amoureux.

Walter écoutait son père sans mot dire, comme à son habitude, et William parlait en truffant son discours de silences au cas où quelque commentaire déciderait de s'y glisser. En vain.

— Elle s'appelle Estelle. J'aimerais que tu la rencontres.

— ...

— Tu n'y vois pas d'inconvénient ?

— Non.

— Alors elle viendra dîner demain soir.

Estelle ôtait son manteau quand l'adolescent surgit de sa chambre, au-delà du mètre quatre-vingts, une allure fluide et harmonieuse qui n'avait pas encore fini de s'affirmer, la largeur de carrure laissant supposer qu'il avait de la marge, Walter serait un bel homme, comme son père.

William l'attrapa par l'épaule.

— Walter, je te présente Estelle.

Elle lui tendit la main.

— Bonjour Walter.

— Bonjour.

Il était venu la saluer par pure politesse et aussi pour ne pas laisser de prise à son père. Il ne mettrait aucune mauvaise volonté à accueillir cette femme, n'irait ainsi au-devant d'aucun reproche.

Estelle était résolue à le laisser s'approcher à son rythme. Elle ne ferait rien pour le séduire. Ce soir-là, il fut assez distant. Il semblait néanmoins bien dans sa peau, intelligent, enthousiaste, en un mot prometteur. Estelle s'avoua soulagée. Elle était la première femme que William lui présentait depuis le divorce. Elle le comprit plus tard dans la soirée. Après quelques secondes d'hésitation, elle décida d'être plus flattée qu'assommée par ce privilège.

Dès qu'il eut avalé son dessert, Walter les salua et s'enferma dans sa chambre, il voulait travailler un peu. Estelle proposa immédiatement de rentrer dormir chez elle mais William insista pour qu'elle reste, tout se passait bien.

Estelle découvrit donc cette nouvelle situation, partager le lit d'un homme alors que dans une pièce voisine, dort son rejeton. Elle eut une pensée émue pour ses parents qui s'étaient beaucoup aimés et avaient couché derrière la cloison de sa chambre pendant toutes les années qu'avait duré son enfance sans qu'elle ne puisse les soupçonner de faire l'amour, sans que jamais elle ne puisse même l'imaginer.

Le lendemain, Estelle s'absenta trois heures, elle déjeunait avec Graham Necker, de passage à Paris, et Louis Beaunes, son éditeur français. Dès qu'elle eut passé la porte, William frappa chez Walter. Il trouva son fils plongé dans ses livres.

— Alors, comment tu la trouves ?

Bien qu'un peu gêné de devoir donner son avis, le garçon sourit à son père et lui dit qu'il la trouvait très bien.

Walter commença à venir de temps en temps le soir, en plein milieu de semaine. Il invoquait toujours une raison objective, des travaux chez sa mère l'empêchaient de se concentrer, son petit frère était malade et peut-être contagieux… Ce fut Estelle qui s'aperçut que les incursions exceptionnelles avaient pris un cours régulier. Désormais, il déboulait un à deux soirs par semaine, souvent accompagné par Fabien, un camarade de fac avec lequel il aimait travailler. Ces jours-là, il passait un coup de fil au bureau de son père pour annoncer sa venue. Il appelait aussi Estelle chez elle. Quand ils se connurent mieux, elle lui demanda d'arrêter d'appeler avant de venir. Il lui expliqua qu'il avait peur de déranger, "mais chez soi on ne dérange pas", lui dit-elle.

Ils dînaient donc à quatre et, la plupart du temps, Fabien restait dormir, il habitait Etampes et les cours recommençaient tôt le matin. Comme William n'aimait pas beaucoup déplier le canapé du salon, il acheta un matelas que Walter glissait sous son lit. Ainsi, les deux garçons pouvaient dormir dans la même chambre, on ne les entendait pas et l'appartement restait en ordre.

Estelle comprit vite que Walter n'était pas l'enfant introverti que lui avait décrit William, bien au contraire. C'était évident, il suffisait de le regarder évoluer en présence du mutique Fabien qu'il semblait fasciner par son aisance.

Walter se sentait bien chez son père depuis qu'Estelle y passait le plus clair de ses soirées. William découvrait son fils avec un mélange d'euphorie et d'abattement. Il était rassurant de s'apercevoir que l'adolescent avait beaucoup d'humour, de répartie, un caractère joyeux et épanoui, mais il était incroyablement déprimant de songer à toutes ces années pendant lesquelles le garçon s'était construit à côté de lui, sans lui, malgré lui. Quelques semaines plus tôt, Walter débarquait encore un vendredi soir sur deux, ouvrait la porte, posait son blouson et son sac, criait "bonjour" à la cantonade, fonçait vers la cuisine, repassait par l'entrée, attrapait son sac et disparaissait dans sa chambre. William se demandait pourquoi il continuait à abandonner son entreprise à seize heures trente ces soirs-là. Il ne le comprenait pas. Il ne l'avait peut-être jamais compris. Et le jeune homme qui rigolait avec Estelle et Fabien en imitant la voix nasale et le phrasé rébarbatif d'un de ses professeurs lui était tout aussi étranger que le gamin de dix ans qui un jour, sans que rien ne le laisse présager, lui avait dit :

— Ça fait longtemps que je suis aussi grand que toi à l'intérieur.

William lui avait alors demandé ce qu'il entendait par là.

— Un soir, je ne sais plus quand, j'étais dans mon lit, je vous ai vus, toi et maman, en train de ranger mes jouets, au moment de me lire mon histoire, je vous ai regardés et je me suis dit "vous n'avez rien de plus que moi à part la taille et les avantages que donne l'âge, je n'ai plus qu'à attendre"...

William se souvenait à quel point il s'était senti con, dépassé, gêné d'entendre son fils exprimer un tel malaise. Il avait bafouillé quelque chose, "arrête de dire des bêtises tu veux, tu es un petit garçon et un petit garçon ça fait plein de choses... en tout cas ça ne s'ennuie pas". Il avait dit quelque chose comme ça, Walter avait souri, n'avait pas cherché à discuter, il était descendu des genoux de son père pour ne plus jamais y remonter.

Estelle s'en tenait à l'attitude choisie dès le départ avec Walter et c'est lui qui vint lui parler un jour où ils s'étaient retrouvés tous les deux.

— Je suis content que mon père t'ait rencontrée, il a été si seul pendant des années, il faisait peine à voir, je sentais bien que ce qui lui manquait, ce n'était pas moi qui le lui donnerais, quelqu'un d'autre, et tu sais comment c'est, le lycée, le boulot, je ne pouvais pas me soucier tout le temps de son moral mais quand même certains vendredis soir, quand je rentrais à onze heures ou onze heures et demie, après avoir bossé ou dîné chez des copains, je le trouvais affalé dans le canapé, en train de comater devant la télé, je voyais qu'il avait juste posé son manteau et desserré sa cravate, il végétait, sans bouger, la zappeuse dans une main, l'autre dans un paquet de chips, tu aurais vu sa tête, un poisson…

Quand il se tut, elle enchaîna. Elle s'entendit parler faux mais elle ne pouvait rien y faire, encore trop étrangère à cette famille pour vraiment se mouiller. Walter s'en aperçut et ne lui en tint pas rigueur. Il regretta un instant de ne pas avoir attendu quelques jours de plus, quelques heures supplémentaires d'intimité, avant de lui parler. Mais le petit garçon qui était descendu des genoux de son père huit ans plus tôt était pressé, il avait trouvé une interlocutrice.

Un vendredi soir, Walter coinça son père dans l'entrée. Accepterait-il de lui prêter son appartement pour une soirée. Le garçon souhaitait organiser une fête à l'occasion de ses dix-huit ans. William acquiesça sans réfléchir, trop heureux que son fils lui demande enfin quelque chose. Bien sûr, Walter lui fit rapidement comprendre qu'il était cordialement invité à débarrasser le plancher. Il n'avait qu'à partir en week-end avec Estelle, tout serait en ordre à leur retour.

Evidemment, Walter voulait l'appartement sans son père. Ainsi présentée, l'idée réjouissait bien moins le curieux qui pensait enfin découvrir à quoi ressemblait la nébuleuse des copains. William parvint *in extremis* à se rappeler qu'avant d'être l'ascendant il avait été le descendant, avait lui-même détesté tout contact entre ses parents (ces vieux cons qui ne comprennent rien à rien) et l'entourage qu'il s'était choisi. La gorge un peu serrée, il lâcha en tentant vainement d'adopter un ton décontracté :

— Aucun problème. Tu ne nous auras pas dans les pattes.

C'était en effet l'occasion de partir prendre l'air. Peut-être pourraient-ils en profiter pour aller visiter deux ou trois de ces châteaux et manoirs encore libres le troisième week-end de mars pour leur mariage.

Estelle avait assisté de loin à la scène. Elle savait déjà. Walter l'avait consultée avant de demander l'appartement à son père, qu'en pensait-elle, est-ce qu'à son avis "Wiwi" serait d'accord... Elle l'avait encouragée, sidérée par le ravin qui s'était creusé entre William et Walter. Ils ne se connaissaient pas, étaient l'un comme l'autre incapables de se parler, de s'entendre, de s'aider, de mesurer l'amour qu'ils se portaient. Comment Walter pouvait-il ne pas s'apercevoir que son père était à l'affût du moindre de ses gestes ? Et surtout, comment William pouvait-il ignorer à quel point son fils avait besoin de lui ? Vu de l'extérieur, tout paraissait si simple. Estelle restait néanmoins prudente dans ses jugements. Toute simplicité apparente lui était suspecte et elle ne se sentait pas en droit de se mêler de leur relation. Elle se contentait de répondre aux sollicitations.

En trois mois, elle avait fait de Walter un complice. Elle était plus jeune que ses parents et n'avait pas d'enfant. A ce moment de sa vie, Walter considérait que quelque chose se perdait toujours chez les gens quand ils devenaient parents, une capacité à rester curieux, ouverts. Il appréciait qu'elle ne lui parle que peu, ne lui pose jamais aucune des questions conventionnelles auxquelles on peut s'attendre en pareille situation, et tu étudies quoi à la fac, oh là là moi je n'y comprends rien aux maths je n'y ai jamais rien compris, et ça marche, et qu'est-ce que tu veux faire plus tard, et les filles... Réponses concises s'il te plaît... Elle lui laissait le champ libre. Il en vint à souhaiter qu'Estelle reste avec son père tout en attendant quelques années avant de faire un bébé.

Comme ils avaient tous les deux beaucoup de travail, Estelle et William abandonnèrent vite l'idée de partir en week-end pendant que Walter fêtait ses dix-huit ans. Ils émigrèrent tout simplement faubourg Saint-Antoine.

Estelle n'aimait pas particulièrement séjourner dans son appartement avec William. Elle trouvait stupide de s'entasser dans quarante mètres carrés quand on en avait cent vingt à disposition. William, quant à lui, se sentait toujours mieux dans son salon, sa chambre, son lit et ses bruits habituels. Le couple ne s'était réfugié chez Estelle que les deux vendredis soir précédant sa première rencontre avec Walter. William était alors venu passer une heure auprès d'elle puis était rentré dîner avec son fils.

Le deux-pièces était devenu un lieu de travail. Elle n'y dormait plus. Elle s'était désinvestie. Il était entendu qu'après le mariage elle emménagerait dans l'appartement du vingtième le temps qu'ils en trouvent un nouveau dans lequel Estelle aurait son bureau.

Mariage pluvieux, mariage heureux. Les invités couraient de leur voiture à la mairie du vingtième, se protégeant le moins mal possible de cette giboulée du samedi 15 mars 1997. M. et Mme Willermin, les parents de William, saluaient les nouveaux arrivants. Ils s'étaient autoproclamés comité d'accueil, poste qu'ils décidèrent d'abandonner à l'arrivée de leurs amis les Chedal, excités par tous ces visages inconnus et une journée de réjouissances.

— Entrez vite, quel temps, c'est pas de chance.

Dans le hall, plusieurs clans s'étaient formés : les Willermin en nombre, les Martin, mère, oncles, tantes, cousins et cousines d'Estelle avec leurs enfants, les amis de William et les amis d'Estelle. Quelques électrons libres cimentaient le tout. Walter et Fabien s'étaient assis en surplomb, sur une marche. William avait proposé à son fils d'inviter Fabien, il avait pensé qu'une personne familière de son choix aiderait Walter à traverser l'épreuve singulière du remariage de son père avec une femme qui, même s'il la connaissait bien désormais, était somme toute une étrangère. Walter voyait arriver des enfants devenus grands qu'il n'avait pas croisés depuis plusieurs années, des petits qu'il n'avait jamais rencontrés. Il décida de ne pas reconnaître ceux qui ne viendraient pas se présenter à lui. On allait le trouver fier mais tant pis, il n'avait pas envie de participer à l'effort général visant à lancer la journée de noces sur la piste de la bonne humeur.

— Regarde, Fabien, ce petit trou du cul bouffi étranglé par un nœud papillon, je parie que c'est le fils de la cousine Marie-Claude.

— Qui ça ?

— La robe verte près de la porte, là-bas.

— Je ne vois pas.

— Mais si… Avec le chapeau bizarre, regarde bien, devant la deuxième porte à gauche du couloir, dans le petit groupe, une robe vert-dégueulis-fluo et au-dessus une sorte de gaufre chantilly de l'espace…

Après quelques secondes à l'abri des gouttes, les imperméables tombaient, les tenues d'apparat se révélaient. Mais on ne savait que faire des habits trempés, pas de vestiaire, alors les messieurs pliaient sur un bras leur manteau et celui de leur dame qui, libérée de la dégoulinante et inesthétique protection intempéries, pouvait briller de mille feux. Et on monta vers la salle de mariage.

William dévorait des yeux sa future épouse depuis qu'elle lui était apparue moulée dans un fourreau blanc brodé ton sur ton que lui avait dessiné son amie Gina, costumière de théâtre. La robe était tellement ajustée qu'il avait fallu finir de la coudre sur Estelle. De même était-il prévu de la découdre le soir venu, de l'aisselle à la hanche, quand la nouvelle Mme Willermin passerait une tenue la laissant plus libre de ses mouvements. Estelle avait peur de déchirer son fourreau en dansant et elle avait l'intention de danser, pas à moitié, pas du bout des pieds. William s'était acheté un costume Cerruti gris clair, comme il était beau, lui aussi, il avait bien fait d'oser une cravate orange, une note de couleur, de l'énergie, de la jeunesse. Les futurs attendaient dans une petite pièce que la salle se remplisse et qu'on leur fasse signe de s'avancer, ils ne se parlaient pas, William marchait de long en large devant les fenêtres donnant sur la place Gambetta, Estelle se concentrait sur de petits exercices de respiration appris en cours de yoga. Ils avaient le trac, l'un comme l'autre. William se souvint de son premier mariage. Il lui en restait le goût sucré d'un continuel éclat de rire parmi une bande de copains. Il n'avait plus envie de rire. Il se sentait nu, désarmé, tout à la fois heureux et intimidé de prononcer un "oui" qu'il voulait gage d'une véritable offrande, d'un engagement sérieux, indéfectible.

Micheline Willermin finit par les libérer, tout le monde était là, assis en bon ordre, les témoins étaient en place, on n'attendait plus qu'eux. William avait choisi Didier, son vieux complice, béni soit-il d'avoir placé la perle rare à sa gauche lors d'un dîner, Estelle avait demandé à Viviane, bien sûr. Viviane détestait les mariages, refusait obstinément depuis quinze ans d'épouser son Nicolas et d'assister à quelque noce que ce fût mais elle accepta d'être témoin pour Estelle, considérant qu'elle serait ainsi aux premières loges pour partager l'émotion de son amie.

Les promis descendirent l'allée centrale ensemble, bras dessus bras dessous, on n'était pas obligés de respecter les traditions à la lettre, Estelle n'avait pas de père pour la conduire à l'autel et de toute façon on n'allait pas à l'autel, hors de question de se marier à l'église, et puis quoi encore, lancer le bouquet aux vieilles filles ? Vendre la jarretière, debout sur une table, cuisse à l'air ? Un frisson parcourut l'assemblée à la vue de la mariée. Estelle tremblait, tant d'inconnus la regardaient, qui étaient tous ces gens, côté Willermin et compagnie, elle ne connaissait personne à part le père, la mère et le fils, tout s'était décidé si vite, "et si tu étais en train de faire la connerie de ta vie ma petite, mais non, inspire, souffle, inspire, souffle, voilà Viviane, au secours Viviane, allez assise"...

L'adjoint au maire officia après avoir signifié d'une œillade au marié qu'il avait bien choisi, jeune, jolie, posée, l'air intelligent, un beau spécimen. Estelle et Viviane, surprenant le regard entendu, manquèrent éclater de rire, brouiller les cartes de cet élu sûr de son fait, mais on n'était pas là pour rigoler avec ces choses.

Dans le public, on essayait de lire le dos des nouveaux époux, d'y déceler un signe de leur état émotionnel, deux dos bien immobiles et indéchiffrables. Ici on se rappelait avec nostalgie ses propres noces, une fête très réussie, saluée par un grand soleil, là on tentait de calmer un petit Sébastien de quatre ans qui ne semblait pas avoir compris qu'en pareille circonstance on n'apostrophe pas ses voisins comme ses petits amis de la télé...

— ... Ou on essaie au moins de le faire discrètement, attention Sébastien, dans deux secondes tu vas recevoir ta claque, et voilà, tu l'as bien cherchée, cet enfant me tue, chérie si tu allais lui faire prendre l'air...

Au premier rang, Walter avait placé Fabien entre sa grand-mère et lui, il s'agissait de prévenir les débordements émotionnels assortis de demande de câlins consolateurs.

Dans l'oreille d'Estelle, les raclements de gorges, chuchotements et interventions juvéniles de l'assemblée compensèrent la solennité du moment. Le seul moyen de se laisser aller au rituel était finalement de tendre l'oreille à tous ces bruits familiers qui la reliaient au monde. Elle avait aussi jeté quelques coups d'œil vers William, elle ne le verrait qu'une seule fois écouter ce discours. Il lança un "oui" avide. Un tel enthousiasme la persuada qu'il avait complètement oublié le même "oui" prononcé vingt ans plus tôt. Formidable capacité à rebondir. Le silence lui signala que son tour était venu.

— Oui.

Sobre.

Et déjà on se relevait.

Estelle s'était préparée aux inévitables heures de pilote automatique jusqu'à la fête. Elle enfila donc sans états d'âme particuliers et dès la descente au rez-de-chaussée de la mairie les embrassades, les "enchantée", les "c'est très gentil d'être venus de si loin, William m'a beaucoup parlé de vous", les sourires épanouis, les apartés discrets pendant le vin d'honneur ("qui est la dame en vert là-bas, tu ne me l'as pas présentée, mais si, la grande en robe verte avec le chapeau qui ressemble à un champignon atomique, ah bon, je vais la saluer je reviens" et "il n'y a plus de whisky sur la table du fond"), la distribution du plan d'accès au manoir de Fousquerolles dans l'Yonne aux étourdis parmi les invités au repas qui l'avaient oublié chez eux.

Les voitures y parvinrent en ordre dispersé. Les époux attendaient à l'abri. Il ne pleuvait plus mais le vent glacial n'enjoignait pas à la promenade. La mariée s'était changée, Estelle portait à présent une robe en taffetas changeant rouge et vert.

Et toute la soirée, pendant le banquet, le bal, les copains de William défilèrent, le félicitèrent, soulignèrent sa chance. Il regardait Estelle s'amuser. Il était incapable de se mêler au tourbillon. Une pointe de jalousie le piquait, il n'aimait pas voir tous ces types plus ou moins avinés, les amis qu'il ne connaissait pas encore mais aussi les siens propres, profiter de l'ambiance pour laisser innocemment glisser une main dans le dos de sa femme, de l'épaule à la hanche. Estelle observait son mari de loin, nœud de cravate desserré, dos courbé, œil vitreux, bouche pincée, mains molles. Elle décida de ne pas tenir compte de son humeur maussade. Il avait bu, peut-être avait-il le vin triste. William rejoignit finalement un petit groupe de vieilles dames en pleine séance “anecdotes nuptiales”, plaisanta avec elles. Estelle dansa beaucoup avec Walter, surprenant spécialiste de valses, tangos, paso doble et autres vieilleries musettes.

— Où as-tu appris ça, toi ?

— Chez mes grands-parents, le week-end, quand mon père ne pouvait pas me garder. Ma grand-mère m'emmenait écumer les guinguettes au bord de la Marne. Regarde-la.

C'était une valse, une tornade virevoltait autour de la piste, Mme Willermin et son frère, enrubannés dans le lourd velours d'une robe noire, évitaient les danseurs approximatifs avec une adresse de pilote de course.

— Mon oncle Francis est le seul homme de la famille capable de tenir son rythme en tours minute.

— Et ton grand-père ?

— Il refuse de danser sur ce genre de musique. Trop populaire. On y va si tu veux, il suffit de les suivre, ils ouvrent la voie comme les ambulances. Le secret pour tourner, c'est de garder tes épaules bien parallèles aux miennes. Moi j'adore. Tout disparaît.

William suivait des yeux sa femme et son fils qui tournoyaient sur la piste (le moins que l'on pût dire, c'est qu'il n'avait pas l'air traumatisé par le remariage de son père, celui-là). Pourquoi n'avait-il jamais appris à bien danser, lui ? Pourquoi sa mère avait-elle appris à Walter ? Et Estelle était si belle, bénie des dieux, une star de cinéma, mystérieuse, elle avait dû en faire souffrir quelques-uns avant lui, le skieur, l'Américain, elle savait lire en vous, au plus profond, sans qu'il vous soit possible de tout à fait saisir qui elle était, ce qu'elle pensait vraiment, ce qu'elle voulait. A présent elle parlait avec Viviane. Les deux amies semblaient hors du monde, isolées dans des confidences que leurs fous rires interrompaient, comme si elles remontaient périodiquement en surface prendre de l'air entre deux plongées en apnée dans leur bulle. William attendait la fin de soirée avec impatience. Il y avait trop de monde pour lui, il n'aimait pas le musette, on avait mal choisi l'orchestre, il avait mal à la tête et, surtout, une question l'obsédait : comment sa femme avait-elle pu vivre six ans avec un champion de ski ? Six ans. Un skieur. Champion de surcroît. Pendant six années, sa femme avait partagé la vie d'un homme qui avait occupé sa jeunesse à dévaler des prairies enneigées le plus rapidement possible, se jetant dans la pente avec le plus d'efficacité possible, calculant et recalculant entraînement après entraînement la meilleure trajectoire possible, la plus rationnelle, celle qui le verrait gagner le plus de vitesse possible ou plus précisément celle qui lui en ferait perdre le moins possible, se contraignant à placer son poids à l'endroit exact qui lui permettrait de tailler une belle courbe, sans trop perdre d'adhérence, sans non plus marquer trop ses appuis, et tout cela, tout cet art, toute cette science, dans le but de se déplacer du portillon de départ à la ligne d'arrivée en un temps inférieur à celui réalisé par chacun des autres concurrents inscrits à la même course, des Français, des Européens dont beaucoup d'Autrichiens, des Américains et d'autres, quelques exotiques Japonais ou Néo-Zélandais ou autres, “Xavier était un descendeur”, avait-elle jugé bon de préciser, descendeur donc, pas le slalomeur, technicien hystéro qui rebondit de porte en porte comme une boule dans un billard de bande en bande, non, le descendeur, la tête brûlée, le fou kamikaze, le Fangio des neiges, le fonceur lancé à cent quarante kilomètres-heure les deux pieds arrimés à deux planches, cul en l'air, prêt à mourir désarticulé comme on les voit parfois à la télé chuter et rebondir bosse après bosse en tournant autour de deux jambes et deux bras dont les ligaments et tendons sautent les uns après les autres, abandonnant les quatre membres à une vie devenue autonome, une agitation sans corrélation apparente avec ce que l'œil du téléspectateur attend de jambes et de bras jouant leur rôle usuel autour d'un tronc humain, le cou brisé aussi, parfois, trahissant la tête casquée, donnant aussi au malheureux sportif cet air atroce et ridicule de poupée de chiffon malmenée, un descendeur, prêt à mourir pour passer la ligne d'arrivée (une simple ligne) avec quelques centièmes d'avance sur le voisin, enjeu dont la vanité et la vacuité sautaient aux yeux pour peu qu'on y réfléchisse deux secondes et demie. Et toutes les heures consacrées à soulever de la fonte… William n'osait imaginer ce que le dénommé Xavier cachait en épaules, poitrail, abdominaux, cuisses d'acier et le reste, et sa femme, lui avait-elle fait le coup du déshabillage, à Xavier, et ce John, ce yankee, un mètre quatre-vingt-dix au bas mot, à n'en pas douter, dents blanches suralignées, corps et brushing parfaits… Qu'est-ce qu'elle pouvait bien lui trouver à lui qui, malgré les pauses déjeuner au Gymnase Club, ne parvenait pas à se débarrasser de l'horrible bouée qui était apparue autour de ses hanches quelques années plus tôt, “tu pourras passer toutes les heures que tu veux à suer sur un rameur, tu ne retrouveras jamais la ligne si tu n'arrêtes pas l'alcool”, lui répétait

Didier, voilà ce qu'il ferait pour elle, pour la garder, il arrêterait l'alcool, complètement…

Estelle vint dans son dos et blagua avec ses voisines tout en le massant. Dès que ces dames eurent leur compte de rigolade, Estelle attrapa la main où brillait la bague neuve et entraîna son mari dans un petit salon.

— Ça ferme à clé ici.

Elle allongea sur le tapis un William aux lèvres duquel un sourire s'ébauchait.

Fabien somnolait sur une chaise. Il ne dansait pas, refusait pourtant de monter se coucher dans la chambre du manoir qu'il devait partager avec Walter, lui jurait qu'il ne s'ennuyait pas, qu'il aimait regarder les gens danser. Fabien était d'une nature curieuse. Il s'intéressait à découvrir ce qu'il ne connaissait pas. Il n'était pas habitué aux mariages dans les manoirs, aux costumes et robes de grandes marques. Ces gens étaient différents de ceux qu'il avait côtoyés pendant son enfance, ils étaient moins bruyants, même quand ils avaient un peu bu (les deux ou trois trouble-fêtes vraiment bourrés avaient disparu *manu militari*). Il fut particulièrement marqué par les chaussures des convives, cela paraissait si simple d'en porter de si belles, finesse du cuir, pureté des formes. Il était presque inimaginable qu'elles aient été achetées un jour, elles habillaient naturellement les pieds de ces gens. Fabien essaya d'imaginer le prix qu'une seule de ces paires pouvait bien coûter. Il se sentait ridicule. Il lui faudrait encore plusieurs années à observer ce monde nouveau pour s'ennuyer d'un spectacle dont il aurait fini par connaître tous les ressorts dramaturgiques.

A cinq heures passées, Estelle n'était pas mécontente de monter se coucher. Les invités semblaient satisfaits malgré pluie, froid, vent, puis neige et gel au moment des derniers départs. On avait recommandé aux conducteurs (une écrasante majorité de sobres conductrices) la plus grande prudence. Walter et Fabien étaient restés jusqu'à la fin, avec elle.

Dans la chambre nuptiale, William dormait à poings fermés, éclairé par une lampe de chevet. Il avait recouvert l'abat-jour de sa chemise, histoire d'atténuer le flux de lumière. Estelle prit un de ces bains tardifs qu'elle affectionnait, surtout quand la journée avait été longue et mouvementée. La chaleur la délassait. Elle était fière d'avoir réussi à s'amuser le jour de son mariage. Si elle considérait les noces auxquelles elle avait assisté au cours des dix années qui venaient de s'écouler, si elle comparait avec le style compassé qui présidait de l'église à la nuit de fête en passant par mairie, vin d'honneur et dîner, l'air guindé des époux souriant à chaque regard d'un convive, jusqu'au bout (incapables pourtant de dissimuler un perpétuel souci, une ombre dans les sourcils), cela constituait un véritable exploit.

Ce jour-là,

M. Willermin avait commencé à l'appeler Estelle après l'avoir obstinément prénommée Nathalie comme sa première belle-fille,

Mme Willermin avait continué à lui parler à la troisième personne du singulier, elle n'a pas trop froid ?, elle s'amuse bien ?, elle n'a pas mal aux pieds ?, elle est heureuse d'avoir harponné un Willermin ? (c'était donc ce qu'elle considérait, elle, avoir fait, quelque cinquante ans plus tôt, harponné un Willermin), lui avait par ailleurs suggéré de l'appeler "belle-maman, désormais, qu'en dites-vous ?", Estelle avait répondu le moins sèchement possible "madame ou Micheline. Je vous laisse choisir…", la vieille dame avait froncé les lèvres,

un petit Lucas était venu la voir à la sortie de la mairie pour lui dire qu'il la trouvait très très belle et qu'il espérait que plus tard, quand il serait grand, il se marierait avec une dame aussi belle qu'elle,

la présence discrète mais efficace de Walter avait facilité le déroulement harmonieux de la journée, il avait notamment réglé les problèmes de logement de dernière minute, téléphonant aux hôtels du coin, dénichant les dernières chambres libres, il lui avait par ailleurs fait danser la valse la plus étourdissante de sa vie,

William, allongé sur le tapis du petit salon, l'avait serrée dans ses bras et lui avait murmuré à l'oreille "tu es à moi".

Quand elle se coucha, le jour se levait.

Estelle se réveilla vers midi. Elle trouva William, ses beaux-parents, Walter et Fabien installés sur une terrasse, ils profitaient d'un rayon de soleil qui s'était décidé à percer les nuages. Le manoir avait été loué pour tout le week-end. Ils y déjeunèrent et remontèrent à Paris dans l'après-midi. Les jeunes mariés voulaient faire leur valise. Le lendemain, ils décollaient pour la Guadeloupe, Estelle Martin répondrait désormais au nom d'Estelle Willermin, signerait d'un grand W anguleux suivi d'un gribouillis graphique à la complexité insondable. Elle emménagerait chez William après le voyage de noces. Ses meubles et ses livres attendraient dans un hangar, chez un déménageur.

II

Enfin, le radio-réveil s'est déclenché. William a écouté les nouvelles. Puis il s'est levé, s'est débarrassé de son T-shirt et de son caleçon, les a laissés tomber au pied du lit, comme à son habitude, et a enfilé son peignoir. Quelques instants plus tard, il prenait sa douche pendant que la cafetière crachait son tonnerre de gouttes. Il avait encore laissé la porte de la cuisine ouverte. Mais cela n'avait plus d'importance. J'attendais, les yeux grands ouverts, mon cœur battait la chamade. J'avais regardé les minutes s'égrener de 5:32 à 7:00. A présent, William prenait son petit-déjeuner. A 7:44, je décidai de mesurer mon rythme cardiaque.

Cent dix.

J'avais un trac monstre.

Dès qu'il a claqué la porte d'entrée, j'ai bondi hors du lit comme le diable de sa boîte. Je ne savais pas comment m'y prendre. Je courais de la cuisine à mon bureau, l'eau chauffait dans la bouilloire pour mon thé, je m'étais torturée si longtemps avant de prendre ma décision, le plus difficile était derrière moi, j'étais déterminée, cette fois-ci je le quittais. Nous avions eu quatre ans pour essayer de nous mettre d'accord, nous n'avions pas réussi, c'était fini.

J'avais déjà quitté un homme, deux même, mais un mari, jamais.

J'ai bu mon thé. Je n'ai rien pu avaler d'autre. J'ai appelé Viviane. Je savais qu'elle ne serait pas encore partie travailler. Mon ton devait être éloquent, elle m'a proposé de venir chez elle. Je trouverais une clé chez la gardienne, elle la préviendrait en partant. Je pouvais rester aussi longtemps que je voulais, elle se ferait prêter un petit lit pour ma fille, un matelas, quelque chose, je ne devais pas m'inquiéter.

Qu'aurais-je fait sans elle ? Où serais-je allée ? Je n'avais pas songé une minute à préparer mon départ. J'avais pris ma décision la veille au soir, je ne me voyais pas rester en jouant la comédie le temps d'assurer mes arrières. Pour moi, le plus difficile est toujours d'y voir clair. Cela peut durer des mois, des années pendant lesquelles je survis sans difficulté apparente, avant que je m'aperçoive que je suis en train de dépérir. Par contre, à la seconde où j'ai saisi, je ne peux plus reculer, je bascule en état d'urgence.

Je commençai immédiatement à sortir des placards mes affaires et celles de ma fille. J'étais en train de trier du linge pas repassé quand Walter, à demi réveillé, vint me voir et, sentant l'ébullition dans laquelle je me trouvais, me demanda ce qui se passait.

— Je pars. Je quitte ton père.

Le sommeil s'effaça de ses yeux mais il ne parut pas surpris. Il me demanda où j'avais l'intention d'aller, me proposa de s'occuper de sa sœur à son réveil, il n'avait pas cours avant treize heures et si nécessaire il n'irait pas en cours du tout, il pourrait m'aider à tout charger dans la voiture. Je le remerciai de son soutien et de son calme, les larmes me montaient aux yeux, mais une sorte d'urgence à remplir les sacs et à déguerpir tua dans l'œuf mon envie de m'épancher.

Wanda m'appela, je m'arrêtai quelques minutes pour l'embrasser, la changer et la confier à son frère. Walter finissait son café, il était prêt à prendre le relais. Je pus me consacrer pleinement à l'organisation de mon départ. Ma fille vint de temps en temps me gambader dans les pattes et j'en profitai pour lui expliquer que nous partions. Je doutais qu'à quinze mois elle comprenne ce qui se jouait, mais je voulais qu'elle m'entende, au moins pourrait-elle me trouver derrière les mots, saisir mon émotion. A dix heures trente, la voiture était pleine comme un œuf. Dans son siège, Wanda souriait à Walter qui secouait sa main derrière la vitre. En m'éloignant je vis dans le rétroviseur qu'il me faisait de grands signes. Je craignais d'avoir oublié un paquet sur le toit, mais non, Walter me désignait son portable. J'ouvris ma fenêtre et tendis mon pouce vers le ciel. Vingt minutes plus tard, je me garais devant chez Viviane. Je n'avais pas mis la radio pendant le trajet, Wanda gazouillait derrière, mon esprit était clair. La concierge m'aida à décharger la voiture pendant que sa sœur s'occupait de ma fille.

Viviane rentra en fin d'après-midi. Je m'attendais à fondre en larmes dans ses bras, mais pas du tout. Plus je lui décrivais l'impasse dans laquelle je me sentais, plus ça s'activait en moi. J'allais en sortir, j'étais dans des starting-blocks. Nicolas arriva vers dix-neuf heures, embrassa sa compagne, me serra dans ses bras avec la chaleur dont il savait faire preuve, attrapa Wanda qui était venue s'accrocher à sa jambe et l'emmena jouer dans notre nouvelle chambre.

Viviane m'a trouvé un appartement dans le quartier en quarante-huit heures. Je souhaitais ne pas trop m'éloigner de Gambetta-Père-Lachaise pour qu'à l'avenir Wanda puisse voir son père facilement. Il s'agissait d'un trois-pièces situé rue Orfila, autant dire à cinq minutes de chez William. Viviane avait mis en place une sorte de coalition visant à me rassurer, à me rendre le virage moins dangereux et je me reposai dessus, trop heureuse d'économiser mes efforts. Je n'avais pas d'énergie à revendre.

Dix jours plus tard, je signais le bail. Le soir même, je revoyais William pour la première fois. Comme je m'y attendais, il s'était réfugié dans le mutisme le plus total après avoir découvert le mot que je lui avais laissé, posé en évidence sur notre lit, le jour de mon départ. Nous nous étions parlé au téléphone une seule fois en deux semaines. Ce soir-là, il tenta de me persuader de revenir, il s'excusait d'avoir voulu lever la main sur moi. Il se rendait maintenant compte qu'il m'étouffait, être aussi possessif lui avait fait perdre la raison. Il me promettait de faire des efforts, tous les efforts qu'il serait en son pouvoir de faire. J'étais déjà à des années-lumière de notre histoire, il le comprit vite, le sang quitta son visage. J'avais mal au cœur de le voir sombrer mais je ne pouvais rien pour lui. Je sentais par ailleurs la colère m'envahir à l'idée qu'il avait suffi de le quitter pour qu'il mesure l'intolérable de son comportement quotidien. Nous décidâmes de répartir les achats et cadeaux consécutifs à notre mariage. Cette corvée fut réglée dans le calme. William évoluait dans du coton. Une certaine froideur me permit de dépouiller quatre années de vie commune sans m'effondrer. Tout ce qui me revenait fut centralisé dans mon bureau. Quelques jours plus tard, mes livres, mes meubles et toutes mes affaires quittaient le domicile conjugal.

L'appartement est très agréable, assez calme, assez clair, tout près des commerces de la rue des Pyrénées. Walter, Viviane et Nicolas m'aident à le repeindre et à l'aménager. Le résultat sera avant tout fonctionnel. Pour le style, on verra plus tard.

On ne prend pas assez au sérieux ces épisodes où l'autre nous irrite. Parce qu'on l'aime. On continue à avaler, c'est ainsi que va la vie, se dit-on, tout ne peut pas être parfait. Et le jour où quelque chose se bloque en travers du courant, on évite de noter que plus rien ne s'écoule. Toutes les petites péripéties agaçantes de la vie de couple commencent à s'accumuler, comme coincées dans une bonde bouchée. Combien de fois lui avais-je, par exemple, demandé de fermer la porte de la cuisine et celle de la salle de bains, le matin, je n'étais pas obligée de suivre toutes les étapes de sa préparation. Quand j'en parlais, il s'excusait, faisait une petite semaine d'efforts et, un matin, la cafetière venait à nouveau me crachouiller son calcaire aux oreilles. William ne pouvait se faire à l'idée que sa femme dorme encore quand lui avait déjà attaqué sa journée. Le monde devait tourner autour de lui, s'endormir et se réveiller avec lui. Combien de semaines m'a-t-il fallu négocier pour qu'il s'habille dans le salon, qu'il prépare ses habits chaque soir pour le lendemain, qu'il arrête de surgir dans la chambre une demi-heure après s'être levé, se heurtant à tout et n'importe quoi, ouvrant les placards, choquant les cintres des chemises, pantalons et vestes les uns contre les autres, qu'il arrête de surgir à nouveau quand la cravate et la chemise choisies au petit bonheur la chance juraient vraiment, combien d'explications avant qu'il finisse par comprendre qu'il me réveillait dès l'ouverture de la porte, que ses efforts pour faire le moins de bruit possible et ses petits "oh merde" chuchotés soulignant chaque incident, loin de m'attendrir (comme il semblait le penser), réveillaient en moi des instincts meurtriers ?

Ce qui m'énerve le plus, c'est qu'il ne se soit rendu compte de rien. Jamais. Même à la fin, quand toute cette accumulation de petites négations de ma personne a fini par devenir intolérable et m'a sauté à la figure, quand j'ai enfin compris que cela ne pouvait plus durer, que je devais sortir de cette logique, quand je lui ai patiemment expliqué, espérant qu'il m'entendrait et saurait modifier son comportement, apprendrait à me laisser de la place, s'y efforcerait en tout cas, lui donnant plusieurs exemples, ceux qui, comme par magie, me revenaient en mémoire, nombreux, précis, simples, quand j'ai enfin vidé mon sac, il n'a rien vu que paranoïa, esprit négatif, tentative de malveillance, volonté de lui nuire.

Espèce de connard.

Je ne suis pas paranoïaque.

Cela a commencé dès notre rencontre.

Il m'a frustrée en refusant de monter chez moi alors que nous étions garés sous mes fenêtres, alors que pour la première fois de ma vie je rencontrais un homme que je voulais, dès le premier soir, inviter dans mon lit, il a eu besoin de plus que lui-même pour me séduire, il a eu besoin de son vaste et luxueux appartement pour emporter le morceau, ou peut-être a-t-il craint que je ne suffise à allumer sa flamme, peut-être a-t-il pensé que mon modeste deux-pièces risquait d'éteindre son désir naissant, de renvoyer dans les limbes son amour potentiel, il n'a pas souhaité découvrir mon univers, il a voulu se montrer à moi, m'impressionner, peut-être même a-t-il pensé, ce connard, que cela ne se faisait pas, on ne montait pas chez une femme à sa demande comme on suivait une pute vers une chambre miteuse, dans l'escalier en colimaçon d'un hôtel de passe.

Il m'a envahie quand il m'a surveillée pendant toute la journée de notre mariage, supportant difficilement que je ne me consacre pas uniquement à lui, à composer avec lui l'image d'Epinal, que je m'amuse, que je fasse la connaissance de ses amis de cette manière un peu sauvage, physique, en dansant avec eux, en m'appuyant sur leur épaule moite, leur dos couvert de sueur, que j'éprouve du plaisir à danser avec d'autres hommes, la petite chose qu'il voyait en moi, la girouette, aurait pu se laisser ensorceler par ces irrésistibles odeurs de mâles. J'ai envie de vomir. Nous nous sommes mariés si vite. William avait fait valoir son âge, inutile d'attendre. Moi, je n'osais me l'avouer à l'époque, mais je lisais déjà dans ses yeux qu'il se méprenait. La femme qu'il regardait avec amour était une autre, il voyait en moi celle qu'il attendait, cette femme préexistait à mon arrivée dans sa vie. Je suis devenue sa chose en devenant son épouse.

Il m'a humiliée en maintes occasions, particulièrement quand nos avis divergents nous obligeaient à discuter, à argumenter avant de prendre une décision nous concernant tous les deux. Il m'a humiliée quand il m'a contrainte à me rallier à sa position, non parce qu'il m'avait convaincue qu'elle était la meilleure, mais parce qu'il avait réussi à me faire douter de la mienne en arguant que c'était une question de logique, que n'importe quelle personne de bon sens l'aurait vu, il était logique d'aller au soleil en voyage de noces, je n'avais qu'à demander à n'importe qui, on n'allait pas se geler les miches près du cercle polaire arctique pour célébrer une union (comme je le proposais), cela ne se faisait pas, cela ne pouvait même s'envisager, cela ne s'était jamais vu, à sa connaissance en tout cas. Le monde offrait suffisamment de sites plus riants en plein mois de mars. Il avait jugé bon, ce connard, de me rappeler que le but d'un voyage de noces était de donner la chance aux nouveaux époux de se créer un bon souvenir dès le départ. Il se moquait de moi. Il jouait. Il en rajoutait. Je m'étais donc ralliée à son choix. Nous partirions au soleil. Soit. Puisqu'il devait en être ainsi.

Mais où ?

Il proposa la Guadeloupe, c'était plus simple, on y parlait français, le code de la route était le nôtre, ça paraissait ridicule, mais tant de touristes mouraient ou s'estropiaient dans des pays exotiques par pure méconnaissance de coutumes automobiles imprévisibles autant qu'extravagantes. On lui avait parlé de pays asiatiques où la seule règle était "les plus gros d'abord", où le pauvre Occidental pouvait, au volant de sa voiture de location, se retrouver face à un camion doublant un autobus dans un virage, un camion se souciant comme de sa première vidange du ridicule petit 4X4 qui n'avait qu'à se ranger sur le bas-côté (quand il y en avait un), non, on n'était pas obligés de risquer sa vie inutilement.

J'avais téléphoné partout de métropole pour les réservations, éliminant les établissements complets, négociant avec d'autres, prêts à nous accueillir plus tôt ou plus tard, j'avais modifié mon projet de périple plusieurs fois pour réserver une nuit dans un hôtel particulièrement conseillé par les guides, je m'étais occupée de tout car monsieur n'avait pas le temps, j'avais tout calculé, prévoyant pour chaque jour une période d'excursion et une période de repos, d'inaction, de contemplation ("Je suis un contemplatif, moi", m'avait-il dit quand nous avions commencé à envisager plus précisément ce voyage), je ne voulais pas d'une course en avant à l'assaut des sites touristiques, moi non plus. J'avais réparti nos étapes le long d'un périple qui nous permettrait de visiter la Grande Terre et la Basse Terre. Mais l'hôtel où nous venions d'arriver après deux jours sur la Grande Terre, un ensemble de bungalows accrochés au-dessus de l'anse Laborde, lui plaisait particulièrement et il s'était renseigné à l'accueil, il y avait de la place pour plusieurs jours, "allez, s'il te plaît, restons ici, c'est si joli, la mer, le soleil, le bruit des vagues toute la nuit, on n'a pas fait huit heures d'avion pour courir tout le temps, comme à Paris, on reviendra pour voir le reste...", parfois William se conduisait comme un enfant faisant une comédie à sa mère, se roulant par terre de rage pour la faire céder, obtenant finalement ce qu'il voulait et s'y intéressant à peine. J'avais obtempéré, embarrassée de le trouver ridicule, et j'étais sagement restée près de lui à siroter des punchs les pieds dans l'eau. Je n'allais tout de même pas partir en excursion seule pendant mon voyage de noces, autant demander le divorce sur-le-champ.

Il m'a transformée en objet quand il m'a fait une incroyable scène au restaurant de l'hôtel, sous prétexte que j'avais vécu plusieurs années avec un sportif de haut niveau. Il m'a transformée en objet en s'autorisant à juger mon passé, à le commenter librement, en insultant cet homme que j'ai aimé, là encore question de bon sens, on ne peut s'enticher d'un homme consacrant sa vie à la compétition sportive, ils n'ont pas de cerveau, juste un corps, on peut à la rigueur les désirer, les sportifs ont un beau corps musclé (et une grosse bite, il mourait d'envie de me le demander même s'il n'a jamais osé) mais de là à vivre avec... J'étais donc à nouveau une petite chose stupide, coupable d'avoir pu aimer une montagne de muscles décervelée (à grosse bite ?, il ne l'a jamais su, ce connard, et quoi encore !), et d'avoir vécu plusieurs années avec.

Il m'a étouffée en faisant le vide autour de nous. Cela a commencé dès que j'ai emménagé chez lui. Il a vite renâclé à sortir avec moi et râlé quand je sortais sans lui. Je l'encourageai à voir ses copains seul, des gars qu'il avait connus à l'université, qui avaient tout traversé en sa compagnie, notamment les heures noires de son divorce. Je n'ai réussi que deux ou trois fois. Il est revenu content et pourtant rien à faire. Il me faisait la comédie chaque fois que je parlais de sortir avec mes copines, un show bien rodé, une soupe à la grimace agrémentée de chantage émotionnel. "Je ne te suffis pas ?" Pourquoi, à ce moment-là, n'ai-je pas osé lui répondre calmement, sincèrement, "les amis ne sont pas un passe-temps entre deux histoires d'amour", pourquoi me sentais-je si coupable de le penser même, non tu ne me suffis pas, oui j'ai besoin d'air, de voir d'autres personnes que toi, sans toi, régulièrement, chaque semaine, pourquoi n'ai-je pu lui expliquer, lui donner la chance de comprendre qu'on peut aimer quelqu'un et avoir besoin d'air, que j'aurais pu l'aimer encore plus ou encore mieux s'il avait été capable de comprendre que je l'avais choisi comme le compagnon, l'unique, le seul, celui que je pouvais envisager d'aimer librement, dans la durée, avec la beauté que le temps aurait apportée à ce compagnonnage ? Qui m'a appris à me contraindre moi-même à enterrer cela toute seule, dès que l'autre me le demande, qui m'a enfoncé dans la tête que cela ne faisait pas partie des options envisageables, défendables ?

Il m'a achetée. Et je me suis laissé faire, comme une idiote, j'ai consenti. Au retour de Guadeloupe, il m'a offert une voiture. Je n'en avais encore jamais possédé. Vivant dans Paris, je n'en avais jamais éprouvé le besoin. Je n'avais pas l'habitude de recevoir de tels cadeaux. "Tu verras, une fois que tu y auras goûté, m'a-t-il dit, tu ne pourras plus t'en passer, la circulation parisienne n'est pas aussi catastrophique qu'on le laisse entendre." Il m'avait emmenée chez son concessionnaire habituel. Il y avait une petite voiture vert pomme. "Une Lupo, la vraie citadine, idéale pour une femme", m'avait glissé le concessionnaire. Je n'avais pas demandé ce qu'elle avait de particulièrement idéal pour une femme et je m'étais laissé tenter. J'avais pensé que de toute façon, si je ne m'en servais pas, Walter, bien que pourvu d'un sexe masculin, saurait s'en charger. Après tout, je venais d'épouser un homme assez friqué, je n'allais pas faire la fine bouche. Je me suis laissé endormir. Quand il m'a poussée à arrêter de travailler, j'aurais dû au moins entendre retentir la sonnette d'alarme. J'ai fait la sourde, pour ne pas dire la gourde, trop soulagée d'interrompre une course que je n'ai jamais trouvée confortable. J'ai oublié de me souvenir que ce métier indépendant que j'avais choisi après mûre réflexion demande à qui s'y lance de faire son trou, patiemment. "Tu sais, tes traductions ne pèsent pas lourd dans l'équilibre financier de notre ménage", m'a-t-il dit. Comme nous tardions à déménager, je renonçai volontiers à travailler sur un coin de table. Je m'offrais en quelque sorte un congé sabbatique, je reprendrais le collier plus tard, dans un bureau digne de ce nom. J'aime m'étaler quand je travaille. Il me faut toutes mes notes et mes dictionnaires à portée de main, je n'aime pas devoir ranger le soir, mon travail doit pouvoir prendre la poussière pour mûrir. William ne savait pas forcément ce qu'il mettait en place en me poussant à arrêter mais il savait qu'en le faisant il tentait sa chance. Dès que je cesserais de gagner de l'argent par moi-même, il me tiendrait, lui qui ne pouvait se départir du sentiment que j'allais lui échapper. Quand on n'a pas confiance en l'autre, quand on ne connaît pas même la signification du mot, ni ses implications, on profite de la moindre faiblesse, on saute sur les occasions, qu'on sait rares, de mettre la main sur l'autre, de le choper par la peau du cou.

Il m'a roulée dans la farine avec la maison dans le Médoc. L'été approchait. Notre premier été ensemble. Craignant que je ne propose des vacances crapahuteuses dans quelque endroit reculé de la planète, sachant que je rêvais d'Asie, il m'a prise de vitesse en louant une maison pour quatre semaines, dissimulant la manœuvre sous un nuage fumigène baptisé "je voulais te faire une surprise" et arguant du fait qu'il ne pouvait trop s'éloigner pour permettre à son fils de passer un morceau de vacances en sa compagnie, autre manœuvre, ledit fils, dix-huit ans révolus, se moquant de rejoindre son père au bord de la mer (et le père s'en doutant et l'achetant, lui aussi, avec une planche à voile dernier cri qui l'attendrait sur place). Là encore, impossibilité pour moi d'exprimer quelque déception ou désapprobation face au fait accompli sans m'exposer à une culpabilisation immédiate. "Je voulais te faire une surprise, tu gâches tout, tu vois comment tu es, je cherche à te faire plaisir et voilà ma récompense." Quand il décidait de me faire plaisir, j'avais intérêt à me réjouir à la hauteur de ses espérances. Normal. C'était mon rôle. Et peu importait ce que je ressentais. William se déplaçait exclusivement sur le terrain du pouvoir, de son contrôle. Quand, dans le Médoc, Walter a senti que je m'ennuyais comme une rate morte entre la maison, la plage et le restaurant, il a proposé de m'accompagner en excursion. Mon oisif mari a senti le danger, il ne parvenait plus à me maintenir allongée immobile sur une serviette de plage, à côté de lui. Ce connard s'est, en moins de vingt-quatre heures, transformé en explorateur, guide de la région bordelaise en main. Nous avons visité les vignobles, fait de grandes balades en bord de plage, pris le bac et passé une journée à Royan. Il ne s'agissait pas que les rênes lui échappent.

Je me rappelle m'être dit, cet été-là, que Walter avait choisi son camp. Le mien. Après quelques mois de mariage, la vie de couple devenait clairement une guerre de tranchées. Si seulement ce type d'événement pouvait me mettre la puce à l'oreille, si seulement je pouvais partir, ou au moins marquer clairement mon territoire et signifier l'interdiction absolue d'y pénétrer, plutôt que d'attendre l'étouffement général, Verdun chaque fois...

Il m'a manipulée quand, quelques semaines avant la naissance du bébé, il a invité un ami pédiatre pour me persuader d'allaiter. Nous nous étions assez vivement disputés à ce propos, je lui avais expliqué que l'idée de nourrir mon enfant au sein suffisait à me retourner l'estomac. Il s'était assombri.

— Enfin ma chérie, tu n'y songes pas sérieusement ?

— Mais si, je ne serai pas la première femme à nourrir mon bébé au biberon.

— C'est incroyable, je n'en reviens pas ! Ce que tu peux être égoïste ! Je suis horrifié.

— Ne monte pas sur tes grands chevaux, William, je ne vois pas le problème.

— Tu ne vois pas le problème ? Tu ne te sens pas concernée par la santé de notre bébé ?

— Qu'est-ce que tu vas chercher, mon pauvre.

— Réveille-toi, Estelle, tu vas être mère.

— Arrête ton cinéma, s'il te plaît...

Une petite semaine plus tard, l'illustre professeur Pierre-Georges Poupix, ancien interne des hôpitaux de Paris, sacrifiait une de ses précieuses soirées à venir dîner chez nous dans le but de faire pression sur moi, il fallait absolument que je change d'avis, quoi que m'ait dit mon médecin traitant (un gredin qui n'avait pas d'enfant, qui ne savait pas de quoi il parlait, qui voulait juste avoir la paix avec ses patients), il fallait que je comprenne que ne pas allaiter mon enfant revenait à le priver d'une chance inégalable de se construire des défenses immunitaires pour l'avenir. Ce salaud savait ce qu'il faisait, un médecin a toujours raison, même quand il contredit un collègue, il lui suffit de prendre un ton alarmiste. Quels arguments lui opposer ? William se tenait derrière lui, debout, campé sur le dossier de son fauteuil, prêt à soutenir la charge, mais cela ne fut pas nécessaire, je rendis très vite les armes, je n'avais pas l'énergie de me défendre contre "la voix de la raison scientifique" (et toujours ce fameux bon sens) ni les mines de puceau effarouché dont mon mari n'aurait pas manqué de me gratifier si j'avais eu le toupet de tenir tête à cet abruti de P.-G. P.

Une question de bon sens, encore, de comprendre qu'on ne fait pas la cuisine avec du beurre mais avec de l'huile (le beurre dénaturerait le goût des aliments), la vinaigrette avec du vinaigre de vin et non du vinaigre balsamique (le balsamique serait un coup marketing visant à relancer les ventes de vinaigre), le *guacamole* sans ajouter d'œuf (les Mexicains ne mettraient pas d'œuf dans le *guacamole*), j'en passe, il y a d'un côté ce qui est bon, de l'autre ce qui ne l'est pas, et inutile d'évoquer même la subjectivité des goûts et des couleurs, lieu commun. Le soir où j'ai eu droit à ce discours, j'étais de bonne humeur. J'avais assez d'énergie pour m'amuser un peu.

— Est-ce le hasard, William, si ce qui est bon correspond à ce que ta mère cuisine, ce qui ne l'est pas à ce qu'elle ne cuisine pas ?

— Qu'est-ce que tu veux dire ?

— Ta maman chérie a-t-elle adapté sa pratique culinaire aux lois universellement reconnues du bon goût, ou bien (une supputation parfaitement gratuite de ma part, je le reconnais à l'avance) ta définition du "bon goût universellement reconnu" découle-t-elle des pratiques qui ont constitué ton univers culinaire de ta naissance à ton sevrage ?

— N'importe quoi.

— Une dernière chose, mon amour. Pourquoi, la cuisine à l'huile, la vinaigrette au vinaigre de vin, le *guacamole* sans œuf, tu ne les ferais pas toi-même, désormais ?

Je n'obtins qu'un haussement d'épaules agacé.

William n'aimait pas avoir tort. Il pouvait devenir violent, il sauverait la face quoi qu'il arrive. Il était rentré un soir à la maison avec un nouvel aspirateur. Je prenais le thé avec Viviane. Il la salua, m'embrassa et posa l'emballage sur mes genoux. Il semblait assez fier de son coup.

— Qu'est-ce que c'est ?

— Ouvre.

Je découvris un aspirateur en plastique transparent, un modèle apparemment ultramoderne.

— Il est joli.

— Attention, ce n'est pas n'importe quel aspirateur.

Mon mari avait compris que la particularité de l'engin m'échappait totalement.

— Ah bon, et qu'a-t-il de particulier cet aspirateur, en dehors de son prix ?

Je venais de lire la facture.

— C'est un aspirateur sans sac à poussière.

Son air triomphal ne manquait pas de me surprendre. Tout ça pour un aspirateur. Viviane buvait son thé en observant l'amusante scène domestique.

— Et qu'est-ce qui remplace le sac ?

— La poussière est centrifugée dans le réservoir.

— Fantastique, chéri, mais à quoi ça sert ?

— Il n'y a pas de baisse de puissance quand l'appareil se remplit de poussière. Dans les aspirateurs classiques, dès que le sac commence à se remplir, la puissance baisse. Là, non.

Viviane se pencha alors vers moi, en souriant.

— Ça, les mecs, on leur parle d'un truc qui n'a jamais de baisse de puissance et ils sortent leur carte bleue.

William était en train de monter l'aspirateur, pour faire une démonstration. Il releva la tête vers elle.

— T'as un problème, espèce de connasse mal baisée ?

Il laissa tomber l'appareil et se précipita hors de la cuisine. La porte de l'appartement claqua. J'étais horriblement gênée. Viviane préféra partir sans explication.

— Je t'appelle demain. J'aime autant disparaître avant qu'il revienne.

Je crois qu'ils ne se revirent jamais.

Il m'a déconsidérée, affaiblie, découragée, en refusant d'admettre qu'il avait en face de lui quelqu'un, une femme pas plus encline que lui à rester inactive, ayant besoin d'espace, particulièrement d'un espace privé dans lequel s'isoler, travailler, réfléchir, s'éloigner des préoccupations quotidiennes, parmi lesquelles celles du couple avant toute autre, il m'a renvoyée au rang d'animal domestique, auquel son panier suffit, posé dans le coin qui dérange le moins.

Et surtout, il s'est foutu de ma gueule pendant dix-huit mois quant au projet de déménagement.

Je me souviens avoir commencé à parler de notre déménagement dès mon installation dans l'appartement de mon mari. Bien que séduite par la nouveauté du cadre de vie, l'espace, le goût avec lequel il avait été pensé, j'avais tout de suite clarifié la situation : je m'installais là parce que c'était le plus pratique en attendant mieux. Il s'agissait d'une solution provisoire, avais-je insisté. A l'époque, William m'avait signifié, j'en suis certaine, qu'il était d'accord, que nous déménagerions bientôt. J'en reparlai donc au printemps. Pour trouver un nouvel appartement, encore fallait-il le chercher. William faisait la sourde oreille ou disait "on n'est pas bien ici ?" sans même lever le nez de son journal. J'aurais dû garder mon deux-pièces dans le faubourg Saint-Antoine comme bureau, ou mieux, l'abandonner au profit d'un studio à Gambetta. J'avais senti dès le départ qu'il aurait beaucoup de mal à renoncer à son antre de célibataire. Mais je lui avais fait confiance.

Je pense avoir fait preuve d'une incroyable patience. Des semaines, des mois passèrent, pendant lesquels j'eus le tort de ne pas insister, me consacrant à construire notre vie commune avec les moyens du bord. Après un an, je ne supportais plus d'habiter là. Cela me paraît facile à comprendre. Je ne pouvais pas travailler correctement, mes livres et mes meubles croupissaient dans un hangar de banlieue, comment William a-t-il pu imaginer que je tiendrais longtemps ainsi, sans bureau, sans mes affaires, sans cet univers quotidien que j'ai composé jour après jour selon mes goûts et mes besoins, qui m'entoure depuis que je suis adulte ? Il avait juste poussé ses pulls, tassé ses pantalons et chemises, redistribué ses slips et chaussettes pour me laisser de la place. Il avait installé mon ordinateur dans son bureau, sur un coin de table, près de son imprimante. Tout ressemblait à mon mari, sentait mon mari, était mon mari, je ne pouvais investir le moindre coin. Il trouvait au contraire qu'en modifiant quelques détails, en changeant deux trois objets de place, en optant pour une nouvelle marque de lessive et en introduisant donc une nouvelle odeur dans la maison (je n'invente pas), j'avais rapidement su m'approprier le lieu. Je lui répétais que la question n'était pas là, sur tous les tons, que cet appartement, parfait pour lui avant notre mariage, n'était pas adapté à la vie de couple. Il avait beau dire qu'il comprenait mes arguments, il temporisait. "Tous les couples ne disposent pas de cent vingt mètres carrés", finissait-il toujours par me servir. Bien sûr, il ne s'agissait pas d'un problème de surface, cent vingt mètres carrés suffisaient largement, en effet, je ne le contestais pas, ayant moi-même quitté un deux-pièces de quarante-trois pour le rejoindre, mais je ne me sentais pas chez moi, je le rabâchais inlassablement. Je tiens à mes livres, même s'ils sont en format de poche et usés. J'aime les voir. Je lis les titres sur la tranche et les sensations de la lecture me reviennent, je revois ce qu'ils ont changé en moi. Cela m'aide à vivre. J'en ai besoin. Point.

N'osant pas encore m'avouer que mon mari se foutait de ma gueule, je commençai à me demander s'il n'était pas un indécis chronique. J'avais déjà eu la puce à l'oreille quand nous avions dû fixer une date pour la cérémonie de mariage et que je l'avais vu tergiverser, peser le pour et le contre chaque soir pendant une semaine, valait-il mieux se marier en hiver et en profiter pour s'envoler vers les tropiques, s'accorder une véritable "coupure soleil", ou bien en début d'été alors que personne ou presque n'est encore parti en congé annuel et que déjà la météo clémente permet des noces campagnardes. Cette hésitation récurrente atteignit des sommets (me dis-je alors) avec le projet de déménagement. Pendant l'hiver quatre-vingt-dix-huit, j'entrepris de visiter des appartements. Comme je ne travaillais pas, je ne faisais rien de mes journées. J'avais tout le loisir de m'y consacrer. William m'écoutait d'une oreille distraite quand je lui racontais, le soir, ce que j'avais vu. Il se réveilla le jour où je lui demandai de venir en visiter un avec moi. "Mais comment, mais déjà, m'a-t-il dit, tu as déjà déniché un produit intéressant, je croyais qu'il fallait en visiter vingt-cinq avant de tomber sur quelque chose de correct." Je lui répondis que j'avais probablement eu de la chance, que nous ne pouvions perdre de temps, n'étant pas seuls sur les rangs. Je lui fis sortir son agenda, il joua l'homme d'affaires surbooké, comme je m'y attendais, mais je parvins à lui voler une heure pour le lendemain, j'appelai l'agence et rendez-vous fut pris.

L'appartement ne lui a pas plu.

Dans les semaines qui ont suivi, je l'ai emmené en visiter d'autres, pas forcément beaucoup plus grands que le sien, mais distribués différemment. Il trouvait toujours à redire. Trop petit, mal foutu, simple exposition, pas assez de lumière, pas d'ascenseur, trop de bruit dans la rue, trop de bruit dans la trop petite cour. Mais je ne lâchais pas. Et j'avais décidé de ne pas m'énerver, je ne voulais pas qu'une perte de patience de ma part ouvre la porte à un conflit qui repousserait le moment du départ. Je m'étais fait avoir une fois, j'avais vu la discussion glisser sur un terrain dangereux, mon insatisfaction concernant son appartement ne dissimulait-elle pas quelque chose de plus général, William était très fort pour transformer toute forme de critique de ma part en problématique sentimentale, "tu ne m'aimes plus, à supposer que tu m'aies jamais aimé". Il avait sans doute raison. Je ne l'aimais plus. Mais je ne le savais pas encore. Je n'avais pas perdu espoir.

La semaine suivante, je décidai de l'emmener voir un magnifique espace derrière la place Gambetta. Je visitais alors plusieurs appartements par jour. Je ne le dérangeais que si j'étais sûre de tenir une proposition satisfaisant à ses exigences et aux miennes. Il a noté le rendez-vous sur son agenda sans broncher. Et il n'est pas venu. Je l'ai attendu une heure entière en compagnie d'un agent immobilier bientôt désagréable. Naturellement, son portable était sur messagerie. Il m'expliqua qu'il n'avait pu se libérer d'une réunion qui n'en finissait pas, qu'il n'avait pu me prévenir, que son téléphone ne captait pas. J'aurais préféré qu'il avoue avoir oublié. Je n'allais pas jusqu'à croire qu'il avait sciemment omis de venir.

Sans l'avouer alors (il ne me fit part de sa vision des choses que beaucoup plus tard, toutes carottes déjà cuites), il considérait le fait que je revienne si vite à la charge comme une stratégie de ma part visant à le faire céder par lassitude. Pour William, la vie de couple est un combat. Il y a celui qui gagne et celui qui perd. En toute situation. Alors j'ai baissé les bras. J'ai interrompu les visites, sachant que les affaires nous passeraient sous le nez, l'une après l'autre, tant que William ne se serait pas décidé à comprendre qu'il fallait partir. Je me suis réfugiée dans les livres. J'ai cherché de nouveaux auteurs américains. Je passais la journée dans le canapé, entourée de bouquins. William m'y retrouvait le soir en rentrant.

En août je parvins à le traîner jusqu'en Andalousie. J'avais prévenu longtemps à l'avance.

— Au fait, chéri, concernant cet été, je ne souhaite pas que tu m'offres des vacances-surprise.

— Ah, ah, très drôle. Ecoute, on va où tu veux, enfin, pas trop loin s'il te plaît.

Il avait accepté l'Andalousie à condition de se poser quelque part pendant au moins deux semaines. J'avais déniché une petite maison à l'écart du village de Rodalquilar, dans le parc naturel de Cabo de Gata, à un kilomètre de la mer. Le cadre était magnifique. Nous étions cernés par les cultures de figuiers de Barbarie. Le jardin recelait des dizaines d'espèces de cactées et d'euphorbes. Il faisait tellement chaud que nous avions immédiatement adopté le rythme local : inaction totale de onze à dix-huit heures. Nous allions nous baigner avant et nous promener après dans les montagnes côtières. Nous passions de merveilleuses vacances, étions l'un et l'autre satisfaits. Il était donc possible de s'entendre sans se frustrer.

J'ai peu de souvenirs de l'automne et de l'hiver qui suivirent. J'essayais sincèrement de me faire à notre vie, telle qu'elle se dessinait. Je ne pensais plus du tout au déménagement. Je lisais comme une brute, j'allais au cinéma avec Walter, l'après-midi, après ses cours. Il était vraiment devenu mon ami. Ma maladresse involontaire nous avait encore rapprochés, l'après-midi où j'avais frappé à sa porte pour lui demander du scotch. Il m'avait semblé l'entendre dire "oui", alors j'étais entrée et j'étais tombée sur deux garçons paniqués, à moitié déshabillés, Walter sautant sur un pied, tentant d'enfiler son pantalon en toute hâte, Fabien de dos, la tête coincée dans son T-shirt, je m'étais sentie complètement idiote, j'avais bafouillé "excusez-moi", refermé la porte et, cinq minutes plus tard, Fabien disparaissait avec ses livres et ses cours. J'étais allée voir Walter dans sa chambre pour m'excuser, cette fois-là j'avais attendu d'entendre distinctement "entre". Il m'avait demandé de ne rien dire à son père. Bien entendu je l'avais rassuré, s'il ne voulait pas en parler, ça le regardait. Walter était donc homosexuel, comment n'avais-je pas percuté plus tôt, quelle gourde, non mais quelle gourde. Fabien avait passé tant de nuits à la maison. En y repensant, j'irais presque jusqu'à dire que je le savais. Et pourtant ça ne m'avait jamais traversé l'esprit. Walter m'a dit quelques jours plus tard que c'était grâce à moi s'il avait trouvé un toit pour lui et Fabien. Il n'était pas question de l'emmener chez sa mère, "ça tournerait au vinaigre en moins de deux avec son mari", et il n'était pas plus question de l'emmener chez son père avant que mon arrivée "transforme Wiwi en agneau". Comme Fabien n'osait plus venir, je l'avais appelé et le rythme familial avait repris son cours pour tout le monde.

J'étais assez heureuse. J'occupais mes journées avec la lecture, les déjeuners avec Viviane ou d'autres copines et les films avec Walter. Il nous arrivait même de sortir, le soir, avec William, quand il n'était pas trop fatigué.

Et je suis tombée enceinte.

Je ne l'avais pas décidé, je prenais la pilule. Nous avions vaguement discuté de l'éventualité de faire un enfant ensemble, mais il me paraissait clair, et je l'avais spécifié à William, que je n'étais pas pressée. J'hésitais à garder l'enfant, ne valait-il pas mieux attendre un peu que (que quoi d'ailleurs, c'est ce qu'il aurait été judicieux d'explorer avec un peu de lucidité à ce moment-là) tout s'arrange, que les conditions soient réunies pour que j'envisage ma première grossesse en toute sérénité ? Car, tout à coup, je m'apercevais que tout n'allait pas si bien. Je m'étiolais.

Ne parvenant à me décider, j'optai pour une discussion avec William. A ma grande surprise, il sauta de joie à l'idée d'être à nouveau père. Lors de nos sporadiques échanges quant à la possibilité de faire un enfant, je n'avais décelé aucun désir particulier chez lui, aucune urgence. Et voilà qu'il pleurait de joie, on allait avoir un bébé.

Quatre jours plus tard, il fit envoyer une limousine à la maison en plein après-midi. On m'emmena deux rues plus loin où je retrouvai mon William, excité comme une puce, me dirigeant vers un ascenseur, enfonçant une clé dans une porte au septième étage d'un superbe immeuble, après vous madame, vous voici chez vous. Il avait trouvé un appartement. Il achetait. Il avait signé. Je me promenais de pièce en pièce, il y en avait toujours plus. L'appartement correspondait à tout ce que j'avais espéré, l'année précédente. Après en avoir fait le tour, nous nous étions assis dans le futur salon, sur le somptueux parquet de chêne, et William m'avait harcelée, "ça ne te plaît pas, qu'est-ce qui ne va pas", j'essayais mollement de le persuader que si, tout allait bien, oui, j'étais contente, oui, cet appartement était merveilleux. Et je sentais le poison sourdre dans mon estomac. J'avais visité quarante-trois (quarante-trois !) appartements et je n'étais pas parvenue à conclure car il me manquait son sceau, lui claquait des doigts et c'était réglé.

Je n'eus pas la force de me mettre en colère, de lui expliquer qu'une fois de plus il m'avait jetée dans les cordes en offrant sur un plateau à la mère ce qu'il avait refusé à la femme. Il n'aurait pas compris. Une fois de plus, je n'avais plus qu'à dire amen.

Amen.

J'aurais dû partir. Une fois que j'avais acquis cette certitude, inutile d'espérer le changer, j'aurais dû, assise sur le parquet du salon de cet appartement vide qu'il achetait pour notre petite famille ("nous devenons une vraie famille", il m'avait dit cela, ce connard, couché dans le noir, quelques heures après avoir appris que j'étais enceinte), j'aurais dû me réveiller, trouver les mots, je te quitte, tu es trop bête, tu ne sais pas grandir, tu ne sais pas réfléchir, tu ne sais pas écouter, tu ne sais pas utiliser ton expérience, apprendre quoi que ce soit de tes erreurs passées. Mais je n'ai pas pu. Je n'y ai même pas pensé comme à une réponse possible aux événements, une réponse ne serait-ce que virtuelle, fantasmée, dictée par tout ce poison qui baignait mon estomac. Et comment aurais-je pu sentir que, là, quelque chose venait de se casser que rien ne réparerait ? Je l'aimais, du moins je le pensais, j'avais arrêté de travailler et je fabriquais notre enfant. Je dépendais de lui pour tout. J'étais, si je puis dire, sentimentalement, économiquement et physiquement piégée.

Quand les déménageurs sonnèrent à notre porte, j'étais enceinte de cinq mois, je vivais avec William depuis presque deux ans et demi. Je les regardai remplir les cartons. Une page se tournait.

Mes meubles et mes livres arrivèrent dans le nouvel appartement une semaine plus tard. En les attendant, j'allais me poster dans ma pièce, vide, chaque jour, et je dessinais mentalement son futur agencement, changeant d'avis, essayant de gagner de la place, de trouver la solution la plus rationnelle, la mâtinant de quelques idées à première vue saugrenues qui donneraient du caractère à l'ensemble.

J'ai fait installer ma bibliothèque, mon bureau, ensuite j'ai ouvert les cartons et rangé les livres dans les rayonnages. Puis j'ai posé une chaise au milieu de la pièce. J'avais enfin ce dont je rêvais, une pièce pour moi seule dans notre appartement, j'avais retrouvé mon univers. Pour la première fois, j'ai alors clairement pressenti que je quitterais William.

"Je rechercherai du travail dès que possible après l'accouchement."

Voici les mots que j'ai prononcés, à haute voix, assise sur ma chaise, au milieu de mon bureau.

Je ne sais pas exactement ce que j'ai attendu ensuite, il n'y avait plus rien à espérer de cette histoire, nous avions basculé sur la pente descendante. Mais j'étais là et j'attendais. Pour moi, la vie avec William ne pouvait réellement commencer tant que chacun d'entre nous n'aurait pas les moyens de s'épanouir personnellement au sein du couple. Lui avait déjà tout ce qu'il voulait. Tout ce qui constituait pour moi un progrès, une avancée vers ce point d'équilibre à atteindre pour enfin commencer à vivre "ensemble", constituait pour lui un recul, une remise en cause du statu quo précaire qui le satisfaisait pleinement. Il a fallu que je voie mes meubles installés pour commencer à comprendre. Ce que je cherchais était ailleurs, et cela, je pouvais le chercher jusqu'à la fin de mes jours, William ne me laisserait jamais m'en approcher.

Il vivait "sur moi", cela lui convenait parfaitement et lui conviendrait toujours et, même, il se battrait pour que tout reste en l'état.

Comme dans chacun de mes domiciles successifs, j'ai adossé des photos de ceux que j'aime à mes livres. J'ai mis mon bureau face à cet arrangement hétéroclite qui me raconte les années qui passent, ce que je parviens à édifier en même temps que je me construis. Je me souviens avoir hésité à poser une photo de William. Je désirais qu'il soit totalement absent de cette pièce. Il m'est immédiatement apparu que je ne pouvais me le permettre, qu'il le remarquerait au premier coup d'œil. Mon élan suivant a été d'enlever toutes les photos. Encore plus impossible. J'avais besoin du portrait de ma mère riant avec sa sœur, sur la terrasse de la maison, à Perpignan, du visage de mon père assis sous un arbre à Argelès, calme et serein, pas encore malade, quelques mois avant sa disparition. J'ai donc sélectionné une photo prise sur la plage de Soulac, William et Walter jouant au volleyball avec d'autres *beach boys*, Walter sautant au filet pour smasher et William, à ses côtés, à demi accroupi, prêt à s'élancer au contre (avec un temps de retard me semble-t-il), hilare, tout à la joie du jeu, une seconde nature.

L'appartement comptait sept pièces. Double séjour, trois chambres et deux bureaux. Idéal. Le mien donnait sur le Père-Lachaise. J'étais plutôt réjouie par cette impression d'immobilité éternelle que dégageaient les tombes, l'agitation de quelques marronniers venant troubler l'image et insuffler le peu de vie nécessaire à ôter toute tonalité morbide. Ce n'est que bien plus tard, juste avant mon départ, que la proximité des morts me serait devenue insupportable et agirait comme un repoussoir, plutôt partir que sauter les rejoindre.

J'ai commencé à m'ennuyer ferme. Je ne faisais rien. Je me disais qu'il serait assez judicieux de commencer à réactiver mes contacts dans la perspective de ma reprise après la naissance du bébé. Mais c'était l'été. Mieux valait attendre la fin des vacances et, qui sait, peut-être aurait-on un petit texte à me confier pour occuper les dernières semaines avant l'accouchement.

Comme j'étais enceinte de six mois, je me laissai persuader de passer à nouveau août dans un endroit calme et paisible, c'était plus prudent. William ne fit même pas l'effort de sourire quand je lui demandai s'il avait gardé le numéro de téléphone du propriétaire de la maison-surprise dans laquelle je me réjouirais de retourner si elle était encore disponible. Tout juste me glissa-t-il un “c'est pas marrant” avant d'attraper sa veste et de partir gagner l'argent du ménage. J'appelai une vieille copine à Argelès-sur-Mer qui se renseigna pour moi et me trouva une petite villa sympathique avec terrasse et jardin en plein centre-ville. En arrivant sur place, William se plaignit de devoir passer des vacances citadines. Par contre, dès que je parlai de lui faire découvrir la région dans laquelle j'avais grandi, les paysages qui m'avaient très tôt donné le goût de l'exploration (timide tentative de ma part pour briser la spirale du désœuvrement), il s'inquiéta, sa tranquillité était menacée. Par chance, ma grossesse lui donna un argument tout trouvé. “Une femme dans ton état ne crapahute pas sur les sentiers, même balisés et archi-arpentés, des Pyrénées.”

Au moins étions-nous parmi les gens. Je pouvais me promener dans les rues, boire un verre sous un parasol, voir la foule bouger, faire des courses, vivre, rencontrer quelques amis d'enfance, organiser des pique-niques, des dîners entre couples, chacun douché et habillé de frais, bercé par la joie et la bonne humeur qui président aux tables de quatre dans les restaurants, monsieur et madame en face de madame et monsieur, damier magique, combinaison parfaite, les sourires, le job de chacun, messieurs se passionnent, puis les descriptions de maisons respectives, mesdames s'allument, c'est leur tour, allez mesdames, on parle maison, mes efforts pour m'allumer quand vient mon tour, efforts mesurés car entraînement de marathonienne, ma nausée croissante, mais je suis enceinte, c'est bien normal.

Les vacances étaient peu à peu devenues ma hantise, d'autant plus que William refusait catégoriquement d'aller faire du ski l'hiver. Je savais par Walter que notre cher Wiwi se débrouillait très bien sur deux planches. Mais pas de ski, non, il n'en était pas question.

— Je n'ai aucune envie de faire du ski, c'est tout.

— Et moi j'ai envie de faire du ski.

— Tu n'as qu'à y aller sans moi.

— J'ai envie de faire du ski avec toi.

— De toute façon je n'ai pas le temps, ta Viviane, elle ne peut pas t'emmener ? Avec toutes les vacances qu'elle a…

Ma Viviane.

Je m'attaquai à l'automne parisien arrimée à ma télévision. Deux mois avant l'accouchement, je n'avais plus une once d'énergie. Je n'ai pas cherché à travailler, comme prévu avant l'été. William me foutait une paix royale. Il s'était dans un premier temps inquiété de me trouver chaque soir "comatant devant la télé". Je lui avais assez rapidement enjoint de s'occuper de ses fesses, ce qu'il fit sans rechigner. Nous nous parlions de moins en moins. Il sentait que je n'allais pas bien. Je me demandais s'il baissait lui aussi les bras ou s'il s'adaptait à mon humeur comme un homme pense devoir le faire en présence d'une femme enceinte.

Il déclarera plus tard, lors de notre ultime explication après mon départ, avoir effectivement mis mon état dépressif sur le compte de ma grossesse.

Wanda s'annonça le 23 octobre au soir, son père venait de rentrer du bureau, il m'emmena à la maternité et assista au tremblement de terre.

Je pleurai pendant quinze jours. Dès que le bébé pleurait, je lui emboîtais le pas. Et je me transformai en vache laitière. Je m'habituai même au dégoût. Je retrouvai ma chère télé entre deux tétées. Chaque soir, William rentrait et venait s'asseoir avec moi dans le sofa où j'avais organisé mon quartier général. Il poussait les paquets de coton et les sacs de couches pour se coller à moi et regarder à travers son sourire béat le bébé dormant à nos pieds dans son couffin.

Début décembre quatre-vingt-dix-neuf, nous étions devenus une vraie famille.

Les semaines passaient, Wanda commençait à faire ses nuits et je ne sentais pas revenir de désir pour mon mari. Nous avions fait l'amour pour la dernière fois à Argelès, en vacances. Ce corps, le sien, dont j'avais eu envie dès les premières minutes de notre rencontre, et si fort, que j'avais découvert le premier soir, ce corps que j'ai reconnu au creux du mien, que j'ai fait jouir tant de fois, ce corps me laissait de marbre. Mon mari m'avait déjà tellement envahie, il prenait tellement ses aises à l'intérieur de moi que je pouvais à peine supporter d'y laisser encore entrer son sexe. Mais je me trouvais injuste. Je décidai donc de me contraindre un peu, je me disais qu'il fallait y passer. Et plus j'avais du mal, plus lui forçait le passage, il me “limait”, tout son intérêt s'était peu à peu concentré sur mon vagin. Entrer là, de gré ou de force, y signaler sa présence, avec toute l'insistance et la force nécessaires. Le reste de mon corps lui était devenu indifférent, il ne cherchait plus qu'à jouir en moi après m'avoir frénétiquement secouée, à grands coups de bassin. Et moi, je ne pouvais que m'absenter de moi-même le temps que cela durait, m'accrochant à ses épaules, au matelas, repoussant le mur contre lequel je remontais peu à peu, avant que ma tête ne s'y cogne, et quand enfin il avait lâché son cri rauque, il s'effondrait à côté de moi, baigné de mauvaise sueur. J'allais me laver, le découvrais à mon retour plongé dans un sommeil de brute. Je me couchais, prenais un livre, le temps que mon cœur retrouve un rythme adapté à la recherche du sommeil.

J'ai en moi une surprenante capacité à supporter la sauvagerie.

Un jour, après avoir donné son biberon à Wanda, je me suis réveillée. Je me suis rappelée m'être assise au milieu de mon bureau le jour où mes meubles étaient enfin arrivés, et la pensée qui avait jailli en moi est revenue, exactement la même, les mêmes mots. Je rechercherai du travail dès que possible après l'accouchement.

Wanda avait trois mois. Je me suis remise à traduire. Je bossais pendant qu'elle dormait. William, ne me trouvant plus dans le canapé le soir, prit l'habitude de s'installer près de moi, en rentrant, pour me raconter sa journée. Je m'arrêtais alors et l'accompagnais dans le salon pour prendre l'apéritif avec lui, l'écouter. J'en pris mon parti, je travaillerais pendant son absence, je m'adapterais, comme d'habitude.

J'étais fatiguée. L'accouchement, l'allaitement, Wanda et en plus mon travail, j'avais du mal à finir les journées. J'eus le malheur de le dire, un soir.

William sauta sur l'occasion pour me lâcher un discours qu'il semblait avoir préparé. “Si tu es fatiguée, tu n'as qu'à arrêter de bosser, je ne comprends vraiment pas pourquoi tu t'escrimes à faire des traductions, je gagne largement assez, tu as déjà beaucoup à faire avec Wanda.” Et c'était reparti, mais, cette fois-là, je me suis laissé bercer par ma lassitude, j'ai attendu qu'il termine son refrain, je n'ai pas essayé de lui expliquer ce qu'il ne comprenait pas. J'ai continué à travailler, je n'ai plus évoqué ma fatigue et tout est rentré dans l'ordre, peu à peu. J'ai pris le rythme.

J'avais, pendant ma grossesse, obéi à la sourde tentation de m'isoler. Je voyais moins Viviane depuis quelques mois. Elle avait commencé à s'occuper de sa mère, dont la sclérose en plaques avait atteint un stade très avancé. La pauvre femme ne pouvait quasiment plus bouger. Nous avions tacitement fait une pause. Elle m'avait rendu visite une fois à la maternité mais ma chambre était déjà pleine de monde lors de son passage. Elle n'était pas restée. Walter étant parti passer une année scolaire à Londres, j'avais perdu mes deux plus fidèles complices. Je n'avais pas revu Viviane depuis la maternité. Elle me manquait. Je lui proposai de venir déjeuner avec moi. Sa mère était tombée dans le coma, les docteurs étaient très pessimistes. Viviane avait beaucoup maigri, je la trouvai assez faible. Je n'étais pas non plus dans une forme olympique. Mais nous étions heureuses de nous retrouver.

William et moi vivions, dormions l'un à côté de l'autre, en bonne intelligence. Ses approches s'espacèrent puis disparurent. Il sembla se faire une raison. Nous n'en avons jamais parlé. Il n'aurait jamais abordé un tel sujet et désormais je m'en félicitais. Malgré tout, nous entretenions sans effort notre réputation de couple parfait ayant atteint un haut degré de complicité, nous savions comment faire envie. Wanda complétait le tableau avec sa bouille mignonne et réjouie.

Quand Walter rentra de Londres, il s'installa complètement à la maison. Il ne supportait plus son beau-père et son beau-père ne le supportait plus. Il s'intéressa très vite à sa petite sœur. Il passait du temps avec elle, la promenait, ce qui me facilitait la vie. Par contre il s'aperçut vite que pendant son absence l'ambiance avait tourné au vinaigre. Mes disputes avec William gagnaient en intensité tout en se concentrant en quelques répliques cinglantes. Nous ne réglions plus nos problèmes, nous nous contentions de nous les jeter à la figure quand il devenait nécessaire de faire baisser la pression. Un soir, je rentrai un peu plus tard que prévu, j'avais, en sortant du cinéma, emmené Viviane prendre un verre dans un bar qui venait d'ouvrir près de Bastille. Nous n'avions pas vu l'heure tourner. A minuit et demi, je me précipitai dans un taxi en me riant des contraintes de la vie maritale. Plus la voiture montait vers Gambetta et plus l'angoisse me gagnait. Dans quel état allais-je trouver William ? Je lui avais dit que je serais de retour vers onze heures. Il m'attendait depuis presque deux heures, il aurait été si simple, en voyant que la soirée était plus longue que prévu, de l'appeler pour qu'il ne s'inquiète pas. Or, cette idée ne m'avait pas traversé l'esprit.

Il m'attendait dans le canapé, bras croisés. J'eus à peine le temps de m'excuser de ne pas l'avoir prévenu de mon retard. Il explosa, déversa un chapelet d'horreurs sur Viviane. Evidemment, je ne pouvais avoir décidé seule de “débarquer comme une fleur” à une heure du matin, il fallait que j'aie subi une mauvaise influence. Une fois de plus, il se méprenait. J'explosai à mon tour.

— Ecoute, William, je ne suis pas en train de m'excuser d'être rentrée si tard, seulement de ne pas t'avoir prévenu. Je n'ai pas treize ans, je rentre quand je veux et tu m'emmerdes.

Je vis ses poings se serrer puis sa main droite s'ouvrir, s'écarter du corps pour prendre de l'élan, il allait me frapper.

— Si tu me touches je te tue.

Il s'est arrêté net. C'était arrivé sans prévenir, je ne m'y attendais pas, même si je m'attendais à tout, nous en étions arrivés là. Nous nous sommes couchés sans un mot.

Le lendemain, je partais avec Wanda sous le bras, elle aurait deux maisons dès l'âge de quinze mois, c'était ainsi.

Pendant quatre ans, j'ai attendu qu'il me voie. Qu'il fasse l'effort, après m'avoir passé la bague au doigt, de chercher à découvrir qui était la personne qui s'agitait au bout de l'annulaire. Aucun des hommes l'ayant précédé dans ma vie ne s'était penché sur la question. Je pensais naïvement que celui qui m'épouserait serait poussé, de façon quasi ontologique, à vouloir me connaître vraiment.

Idiote.

Dans la rue, William rassemblait mes cheveux en une queue de cheval qu'il tenait au plus près de ma tête. Il me tenait.

Il se mettait à hurler, parfois, quand il sentait que je ne le désirais pas. “Et Xavier, il savait mieux te tringler que moi ? Et John, avec son *big dick* de yankee de merde ?"

Heureusement pour moi, il y a une chose que je sais faire, à la fin : partir.

J'ai perdu confiance en moi. J'ai perdu confiance en l'autre. Je ne sais qui me les rendra. Il va me falloir du temps avant d'accueillir un autre homme à mes côtés, pour que cela redevienne possible, pour que j'aie foi en mon choix, en ma capacité de trouver un homme à la hauteur de mes exigences minimales. Pour l'instant, je déduis de mon expérience que je ne saurai même pas l'identifier. Ceux que j'ai choisis jusqu'à présent ne correspondent en rien à l'homme avec lequel je peux imaginer aujourd'hui tenter quelque chose. Je ne sais même pas s'il m'est possible de désapprendre. Il va me falloir du temps pour croire qu'en démontant le fonctionnement du couple que j'ai formé avec William je m'en libère, en partie au moins, du temps pour mettre ce principe à l'épreuve avec un autre. Et celui-là, il lui faudra être patient, accepter ma méfiance.

J'ai tendance à penser que cet homme n'existe pas.

Plus je me penche sur mon histoire, plus je suis en colère. J'en arrive à me dire qu'il va falloir arrêter de réfléchir pour ne pas être totalement envahie par la rage. Que vais-je faire de toute cette frustration accumulée si ce n'est devenir folle. Le couple me tue. L'idée du couple. Ce qui s'y joue. On y exige de moi quelque chose qu'en vieillissant je suis de moins en moins capable de supporter, d'accepter. Je ne suis pas faite pour qu'on vive sur moi, je ne suis pas faite pour contenir l'autre, il n'y a dans la constitution morphologique de mon corps debout aucune forme ressemblant, même de loin, à celle d'un siège sur lequel un homme peut s'asseoir, s'affaler, se vautrer, il s'agit là d'une forme que l'on m'a contrainte à creuser dans ma tête, depuis le berceau, une forme modelée dans de la matière virtuelle, malléable, de la matière que tout un chacun s'emploie à tailler sur mesure avant de faire disparaître l'empreinte du travail et de la prétendre naturelle. Je mesure aujourd'hui la somme d'efforts que me demandera d'effacer cela au plus profond de moi.

Comment vais-je m'y prendre, Wanda, pour ne pas te couper les ailes ? Et si j'y parviens, comment vais-je empêcher qu'elles ne te soient rognées par d'autres ? On m'a appris le contraire de ce qu'il me faudrait savoir. Je ne sais rien, tout juste devine, commence à y voir clair. Je te promets de faire tout ce qui est en mon pouvoir pour m'élever afin de t'accompagner sans contribuer à te faire entrer dans le moule qui m'a faite, je sais que c'est en partie perdu d'avance car d'autres te façonneront jour après jour, à l'école, à la télévision, dans la rue, par les grandes images qu'ils colleront sur les murs, des images qu'ils t'imposeront, que tu seras obligée de voir, même si tu ne les regardes pas, avec lesquelles ils t'imposeront peu à peu l'identification, mais je te promets l'effort, je te jure d'apprendre à décoder les messages qui enjoignent à s'aligner et de t'aider, nous parlerons, peut-être me maudiras-tu de casser la douce berceuse du quotidien, mais je tiendrai, se réveiller à trente-cinq ans n'a rien d'une partie de plaisir, il y a toutes ces années envolées, volées, ces années à suivre sagement, à répondre aux attentes, à les prévenir, ces années en sous-régime volontaire. Je te promets, ma fille, de faire monter la barre de mes exigences et comme je suis celle qui te place sur un chemin, je m'efforcerai de t'épargner tout le parcours inutile qu'il sera en mon pouvoir de t'épargner, afin que tu puisses, dès aujourd'hui et toujours, t'autoriser à puiser pleinement et librement dans toutes tes potentialités, à compter sur ta propre force, et non comme moi, à ne reconnaître que celle de l'autre, moi qui me suis jusqu'à présent uniquement consacrée, je crois, à séduire et par là à domestiquer cette force, lui déférant la légitimité que j'ai toujours déniée à la mienne.

Je ne suis pas conforme. Je ne pourrai plus l'être. Je pense être allée jusqu'au bout de ce que la loyauté envers mes parents, mes aînés, m'a imposé comme arrangements avec (contraintes sur) ma personne. Je me suis absentée de moi-même pendant quinze ans. J'ai donné à mes parents, ma mère vivante et mon père mort, ce qu'ils attendaient de moi en toute bonne foi : un mari et un enfant. Ma mère a enfin pu se débarrasser de son plus gros souci (que va-t-elle devenir ?), mon père n'était pas là pour le voir, s'en réjouir, mais cette loyauté n'a pas de frontière, je l'ai écouté jusque dans le souvenir.

Malgré tout, j'ai pu préserver en moi mon envie d'être, ce qui est moi, voilà la bonne nouvelle. Je suis solide.

Je dois beaucoup à Viviane. Elle ne me juge pas, elle m'aime. Je remercie le hasard de l'avoir placée à côté de moi, dans la salle d'embarquement de l'aéroport d'Heathrow, un jour d'octobre quatre-vingt-treize, alors que j'étais partie m'aérer la tête dans le brouillard londonien, après avoir quitté John. Mon vol était retardé. Je m'ennuyais en salle d'embarquement. Il y avait à ma gauche cette jeune femme brune, élancée, qui lisait *Les Enfants de minuit*, un de mes romans préférés. Elle a dû sentir que je l'observais, m'a demandé si j'avais lu ce Rushdie et c'était parti. Nous nous sommes naturellement installées côte à côte dans l'avion à demi vide, et à Paris nous avons partagé un taxi jusqu'à Bastille. Elle m'a invitée à dîner chez elle où j'ai fait la connaissance de Nicolas, son compagnon, un homme de notre âge, très chaleureux, tout à sa joie de retrouver Viviane après la semaine qu'elle venait de passer chez sa sœur, à Rochester. Viviane et moi sommes entrées dans l'intimité de l'autre en un temps record. Tout ce qu'elle disait, j'aurais pu le dire. Quelque chose a changé le jour où je l'ai rencontrée.

Walter aussi est entré dans ma vie, au plus près. Ni lui ni moi ne sommes ce que nous avons été élevés pour être. Ni lui ni moi n'avons l'intention de nous en excuser. “C'est pas simple, me dit-il, je dois tuer l'adjudant-chef Willermin en moi.” Il a vingt-deux ans, j'en ai trente-cinq. J'ai un peu de retard. J'ai eu plus de mal à m'en apercevoir.

Mon père disait “la vie est une tranche de merde, on en mange un morceau chaque jour”. Selon lui, le jeu consiste à s'habituer au goût, à le trouver le moins mauvais possible. Ma mère disait “écoute ton père”. Merci papa, merci maman.

III

Estelle se réveilla angoissée. Elle n'en comprit pas la raison avant qu'un coup d'œil distraitement jeté sur le calendrier ait annoncé le jour anniversaire de son mariage, le mémorial du ratage, un mauvais moment à passer. En quelques semaines, elle avait rodé un nouveau rythme de vie. Son humeur se nourrissait de l'énergie que procurait l'absence de William, elle pouvait se redresser, elle avait posé au bord de la route un paquet qui l'écrasait, elle avait repris possession du quotidien, de son espace et de son temps. Wanda ne paraissait pas trop perturbée par le changement. En retrouvant son père un week-end sur deux, comme il l'avait lui-même proposé, elle ne passerait somme toute qu'un peu moins de temps avec lui.

Se rappeler ce 15 mars 1997 permit à Estelle de mesurer le changement qui s'était opéré en elle. D'innombrables milliards de mètres cubes d'eau avaient coulé sous les ponts en quatre ans. Elle tenait le sens profond du fiasco de ce couple, il battait en elle du matin au soir et la rassurait, ouvrait ses poumons sur l'air à respirer. A bien y réfléchir, elle ne s'était jamais sentie aussi sereine. Elle n'avait pas renoué avec la panique sourde qui l'avait envahie après s'être séparée de Xavier, puis de John, la même, une sorte de chute vertigineuse. Pour la première fois, elle se suffisait. Elle se levait chaque matin, prenait son thé, réveillait sa fille, la préparait, l'emmenait à la crèche, rentrait, travaillait sur le nouveau recueil de nouvelles de Graham Necker qui l'avait accompagnée tout au long de la période de turbulences et qu'elle espérait livrer à l'éditeur en avril. Quand elle ne sortait pas déjeuner avec Viviane, Walter ou quelque autre connaissance qu'elle retrouvait de façon plus épisodique, elle mangeait à peine afin de se vouer au maximum à sa traduction avant qu'il soit temps d'aller chercher Wanda. De dix-sept à vingt heures, elle se consacrait à sa fille. Il y avait toujours de quoi faire avec un enfant de dix-huit mois. Le soir, Estelle reprenait son travail ou accueillait Walter. Quand elle désirait sortir, il emmenait ses cours, quelques livres et gardait sa sœur. Il adorait Wanda, s'en occupait avec plaisir, rien de comparable avec les premières années de Jules, son demi-frère. Walter n'avait que onze ans quand Jules était né, mais cela ne suffisait pas à expliquer son manque d'intérêt. Walter se sentait en accord avec ce qui se passait autour de Wanda depuis sa naissance. Contrairement à ses craintes, Estelle n'avait pas cessé de s'ouvrir au monde en devenant mère. Enfin, sa sœur était beaucoup moins capricieuse que son frère ne l'avait été à son âge. Seul détail fâcheux, il détestait son prénom. Son père avait dû exiger que l'héritière porte un prénom commençant par W, Wiwi chérissait les symboles, il trouvait que la double initiale, c'était classe. Ce prénom constituait une preuve criante de la bonne composition dont Estelle avait fait preuve. Walter disait des Willermin qu'ils étaient tous des "WW", provisoirement immatriculés, en attente de plaques définitives. Les coutumes familiales l'agaçaient. Jules, quant à lui, portait le même prénom que son père et son grand-père paternel. Tout le monde l'appelait "petit Jules" ou plus exactement "p'tit Jules", sauf Walter. "Il s'appelle Jules, pas p'tit Jules, et ne me dis pas que ça porte à confusion, je n'adresse jamais la parole à son géniteur", disait-il à sa mère. Walter n'avait pas de bonnes relations avec Jules Foux, grand blond bien en chair, satisfait, "Le pauvre con, il se croit drôle en répétant que chez lui c'est une maison de Foux, il parle à ma mère comme un porc n'ose même pas s'adresser à une truie dans la porcherie, pourquoi a-t-elle été choisir cet emmerdeur après avoir hurlé sur tous les toits qu'elle en avait par-dessus la tête de servir de bonne à mon père ? Voilà un mystère…" disait-il à Estelle.

Comme lui à son âge, Wanda adorait *Pierre et le loup*. Quand il était petit, il mettait le disque tous les jours et vivait l'histoire, étape par étape, en suivant le récit de Gérard Philipe, comme s'il l'écoutait pour la première fois. Une vingtaine d'années plus tard, il assistait, heureux, au spectacle que lui avait si souvent décrit sa mère avec la nostalgie de la maman se rappelant le mignon bambin que son fils avait été avant de devenir ce "grand dadais grognon et rebelle". Wanda aussi pâlissait quand le canard était avalé par le loup, retenait son souffle pendant que l'oiseau voletait autour de la gueule du bestiau pour permettre à Pierre de glisser le nœud coulant autour de sa queue, elle laissait éclater sa joie en apprenant que le canard, avalé vivant, allait survivre. Walter avait retrouvé chez sa mère l'album illustré qui accompagnait le trente-trois tours de son enfance. Il l'avait apporté chez Estelle. Le frère et la sœur écoutaient désormais le CD en tournant les pages de papier glacé. Wanda aimait particulièrement le dessin représentant Pierre debout sur une branche d'arbre, corde à la main, et le loup qui, tout à sa tentative de capturer le petit oiseau qui lui agaçait les narines, ne s'apercevait pas que son destin se jouait dans son dos. Elle désignait les personnages en les nommant. Le chat déclenchait une cascade de rires.

Walter aimait passer ses soirées chez Estelle. L'hiver était long dans la petite chambre de bonne qu'il avait trouvée rue Cujas et Fabien n'était plus là pour l'accompagner, les garçons s'étaient séparés peu avant Noël. Inspiré peut-être par le départ d'Estelle, Walter avait brutalement eu l'impression de s'encroûter, avait jugé qu'à vingt-deux ans il était temps de vivre seul et de partir à la découverte de ce qu'il appelait "le monde des possibles". Depuis lors, il consacrait ses journées à sa maîtrise de mathématiques et, vers dix-huit heures, fuyait sa "cabine téléphonique" au septième étage. Quand il ne voyait pas Estelle, il allait au cinéma, mangeait un falafel rue des Rosiers puis buvait une bière dans un bar du Marais. Parfois, il travaillait à vaincre sa peur du sexe au sauna ou dans les sous-sols sombres de quelque boîte, explorait tout ce que pouvaient offrir ces pratiques quand on souhaitait réduire au minimum les risques de contamination au VIH, à l'hépatite et aux diverses MST dont on annonçait une recrudescence. Walter était terrifié par la maladie. Il avait décidé de considérer *a priori* que toutes ces mains, ces bouches et ces sexes appartenaient à des hommes séropositifs. Il voyait là un moyen de s'entraîner à dire "non", dire "oui" n'était jamais un problème. Plus le temps passait, plus il gagnait en confiance et plus ces "épisodes dans la quatrième dimension" lui plaisaient. Il sentait qu'il serait un homme authentiquement fidèle mais que, contrairement à ce qu'on lui avait appris, il ne s'agirait pas de fidélité sexuelle, celle-ci ne lui conviendrait jamais, il y verrait toujours une tentative d'appropriation de sa personne. Plus tard, il expliquerait patiemment à tel ou tel amant possessif que la fidélité sexuelle était une trouvaille de l'homme visant à s'assurer que les enfants mis au monde par sa compagne étaient bien les siens, portaient bien ses gènes, il revendiquerait le droit à la "rencontre sexuelle d'un troisième type, plutôt brun et poilu de préférence" dans la mesure où, comme il le répétait, toute forme de sexualité le concernant n'avait aucun lien possible avec une procréation éventuelle.

— Mais ce n'est pas la question des enfants qui fout la merde dans un couple hétéro, Walter, en tout cas entre ton père et moi, cela n'a pas été le cas.

— Je ne dis pas que la question des enfants fout la merde, je dis que la fidélité sexuelle fait partie des contraintes que l'on s'impose sans se poser de questions, juste parce que la pression sociale est forte, et que ça peut foutre la merde au sein du couple. Wiwi aurait accepté que tu couches avec un autre ?

— Non bien sûr.

— Et toi, tu aurais accepté qu'il couche avec une autre ?

— Je ne me suis pas posé la question. Sauf à la fin. Et là, je m'en foutais.

— Donc tu ne t'en foutais pas avant.

— Non, probablement.

— Pourquoi ?

— Je ne sais pas. Peur de le perdre.

— Moi, je considère que ma vie sexuelle me regarde. Si je vis un jour avec quelqu'un, je lui dirai qu'il en est de même pour lui, qu'il fasse ce qu'il a à faire et qu'il me raconte ce qu'il souhaite me raconter. En attendant, je dois travailler à neutraliser mon "adjudant-chef Willermin" intérieur, à me permettre de rendre possible tout ce qui me paraît souhaitable.

— Qu'est-ce que tu es sérieux…

— Pourquoi tu dis ça ? C'est très sérieux.

— Tu as raison, excuse-moi, ça me perturbe un peu, je crois, ce genre de questions.

Il parlait de ses expériences nocturnes à Estelle. Il lui racontait comment il avait été, dans un premier temps, incapable de ressentir quoi que ce soit dès qu'il était en contact intime avec un inconnu, comme si son système sensoriel cessait de fonctionner, comme si, s'attendant à se voir infliger une souffrance, son corps se mettait en veille, s'absentait. Car ce n'était vraiment "pas bien" d'être là, parmi tous ces types surexcités auxquels il n'avait jamais parlé, qu'il n'avait jamais entendus prononcer la moindre parole, émettre le moindre son donnant le moindre sens. Il allait forcément se passer quelque chose de terrible. Walter décrivait comment il s'était peu à peu familiarisé avec la pénombre des backrooms ou le brouillard humide des bains de vapeur, le bruit des corps, comment il avait pu se détendre grâce à l'habitude. Il avait besoin d'apprivoiser un lieu pour s'y sentir à l'aise. Estelle écoutait. Ce qui l'intéressait au plus haut point, c'était de découvrir quelles stratégies Walter mettait en œuvre pour gagner du terrain sur ses inhibitions. Elle pressentait qu'il y avait là un moyen de s'affirmer, de signifier au monde (et d'abord à elle-même) la force de son individualité.

— De toute façon, j'en suis là, moi aussi, ma sexualité n'a aucun lien avec la procréation. Je ne veux pas d'autre enfant. En tout cas pour l'instant.

— Alors vas-y.

— Vas-y quoi ?

— Je ne sais pas, moi, lance-toi.

— Facile à dire.

— Qu'est-ce qui t'en empêche ?

— Trop tôt. Mais raconte-moi, ça se passe comment, ça se déclenche comment ?

— Ça dépend où. Au sauna, par exemple, j'entre dans le bain de vapeur, j'aperçois des mecs assis le long des murs. En général, ils ont une serviette autour de la taille. Parfois, ils l'ont étalée pour s'asseoir dessus. Donc tu entres, tu distingues à peine les silhouettes, tu choisis un endroit où t'installer. De temps en temps, il y en a deux qui se rapprochent, qui commencent à se tripoter. Ou ils sortent pour aller dans une cabine, ou ils restent, et là, ça peut déclencher une baise générale.

— C'est quoi les cabines ?

— Les cabines individuelles de repos.

— Ah. Et toi, tu vas dans les cabines ?

— Pas souvent. C'est rare que je trouve un mec qui me plaise. En plus, j'ai le chic pour dénicher les mariés cathos pères de famille de trente quarante ans et ça me fatigue, leur culpabilité me fatigue.

— Pourquoi tu tombes sur des hommes mariés, à ton avis ?

— Déjà, parce qu'il y en a une proportion non négligeable, et ensuite... Je ne sais pas.

— Fais attention, Walter, si tu tombes amoureux d'un homme marié, tu es foutu. Ils sont très attirants parce qu'ils sont en état d'exception quand tu as affaire à eux. Tu les côtoies alors qu'ils vivent quelques instants privilégiés en dehors de leur vie quotidienne avec madame et les enfants, ils sont en train de voler quelque chose, ça vaut de l'or pour eux, chaque seconde, ça les met dans un état émotionnel incroyable, ça ressemble à de la passion, c'est très valorisant et très touchant, on n'y peut rien il paraît... Méfie-toi. Vraiment.

— De toute façon, au sauna, je préfère faire l'amour avec plus de monde.

— Pourquoi ?

— A deux, je m'intéresse à l'autre, à son désir. A plusieurs, je prends ce que j'ai envie de prendre. et je donne ce que j'ai envie de donner.

— Qu'est-ce que ça t'apporte ?

— Du plaisir… De la confiance…

Estelle somnolait. Elle s'était recouchée après avoir conduit Wanda à la crèche. Elle entendait les bruits de la rue, le visage plongé dans son oreiller. A l'approche de l'été, toute euphorie avait disparu. L'énergie générée par la solitude s'était banalisée, laissant apparaître la déprimante constellation de l'échec, elle s'était vraiment trompée, elle s'était leurrée pendant des années. Elle ne comprenait plus où elle était, ne savait plus comment elle était arrivée jusqu'à ce jour, ne voyait plus vers où avancer. Elle essayait de se rappeler les satisfactions apportées par l'expérience, l'impression de maturité, les moments où tout paraît clair, les victoires sur ses peurs, ses incapacités, ses névroses, toutes petites pierres blanches placées le long du chemin, mais plus aucune trace parmi les décombres, derrière elle. Estelle ne pensait plus être capable de faire son propre bien, il n'y avait aucune raison pour que toute nouvelle tentative amoureuse ne mène pas au fiasco. Il devenait ardu, en ces moments noirs, de trouver un sens, une raison de revenir chaque matin participer au cours des choses.

Elle alluma la radio mais la musique jazz crachée à ses oreilles ne lui donna envie de rien. Elle éteignit mais le silence sonna, absurde. Elle essaya de réveiller son corps, remua les orteils puis les pieds, glissa les jambes hors du lit mais l'air froid la fit renoncer. Elle ne parvint à se lever qu'après avoir vu l'heure. Il était onze heures passées et elle déjeunait avec Viviane.

Quand elle ne rejoignait pas son amie, Estelle sortait se promener. A tout hasard. L'air et les bruits lui apporteraient peut-être une étincelle. Mais tout l'agressait. Chaque affiche, chaque couverture de magazine montrant les femmes en plantes de luxe la heurtait.

— Et comment fais-tu, toi, pour supporter ?

Viviane avait constaté que les récentes découvertes d'Estelle concernant sa place dans le monde la troublaient à un point qui la mettait en danger. Elle s'efforçait de lui proposer des outils susceptibles de l'aider à construire de nouveaux repères.

— Je laisse ce merdier alimenter ma colère et j'utilise la colère comme carburant.

— Et Nicolas ?

— Quoi, Nicolas ?

— Que dit-il de tout ça, Nicolas ?

— Il dit "je suis un macho, comme les autres, c'est ainsi que j'ai été élevé, mais je me soigne". Je dois reconnaître que ça aide.

Estelle ne parvenait pas encore à se réjouir d'avancer. Ses yeux voyaient plus, mieux, mais la richesse de l'image, sa nouveauté lui donnaient la nausée, la terrifiaient. Elle savait cependant qu'il n'y avait plus aucun moyen de reculer. Ce qu'elle avait vu, elle ne saurait plus jamais l'ignorer.

Ce lundi-là, Viviane avait convié son collègue préféré à partager leur déjeuner. Estelle était amusée de revoir Vincent Roze cinq ans après leur seule et unique rencontre, un soir de septembre, pendant le fameux dîner voici-le-prince-charmant. Quant à Vincent, il se rappelait la déconvenue ressentie quand il avait compris que, tout à ses exercices de respiration et de décontraction, il avait omis de s'apercevoir que sa voisine jetait depuis l'entrée son dévolu sur un autre homme, son voisin de droite, grand, épais, mûr, le viril tendance grizzli, *a priori* seul et disposé à roucouler. Il trouva Estelle encore plus rayonnante que cinq ans auparavant. Et toujours aussi intimidante. L'état dépressif de la jeune femme ne lui apparut pas. Il regretta d'avoir mis un jean, craignant de ressembler à un étudiant attardé. Elle eut le sentiment que la silhouette de Vincent s'était un peu épaissie, même si, elle en était bien consciente, son souvenir était assez vague.

Viviane les avait entraînés dans un tout petit restaurant de quartier, bondé à l'heure du déjeuner. Après s'être demandé si Estelle verrait un intérêt à rencontrer à nouveau ce type qu'elle avait à peine remarqué cinq ans auparavant, elle se dit que la présence d'un homme tout acquis à son charme pourrait lui faire du bien, restaurer un tant soit peu son ego. Elle les avait placés côte à côte, en face d'elle.

— J'ai été obligée de virer Farges, ce matin.

— Ah bon…

— Excuse-moi, Estelle, je parle boulot, Farges est un élève qu'on a tous les deux, Vincent et moi.

— Mais je t'en prie.

— Et qu'est-ce que, qu'est-ce qu'il a encore fait, Farges ?

Estelle mesurait avec étonnement la nervosité quasi pathologique de son voisin, qui se traduisait par une hyperréactivité aux contacts. Maintenant qu'ils essayaient de couper leur entrecôte maître d'hôtel sans déborder de l'espace alloué à chacun par le restaurateur, un espace bien limité, donc, le coude droit d'Estelle croisait le fer avec le coude gauche de Vincent. Il tentait de passer outre, sans y parvenir, car une sorte d'onde électromagnétique se propageait dans son corps à chaque touche, dressant ses cheveux sur sa tête en même temps que ses doigts de pieds dans ses chaussures, l'éloignant momentanément de la paisible sérénité qu'il s'efforçait d'afficher. De plus, Estelle confondait depuis quelques minutes la jambe de son voisin avec le pied central de la table. Ce martèlement continuel aiguillonnait un système nerveux qui n'en avait pas besoin, Vincent était en éveil total. La coordination ne constituait pas la plus éclatante de ses compétences. Quand il était nerveux, il parvenait difficilement à garder le contrôle de l'ensemble de ses membres. Il n'avait jamais su empêcher divers tremblements intempestifs et brusques lancers de bras de trahir son agitation interne. Et voilà que son aisselle droite le démangeait. "Je vais soulever mon bras, le coude de la belle Estelle va buter sur mes côtes et je vais chanter *Casta diva*", pensa-t-il. Il résista à l'envie de se gratter.

Tout à coup, Vincent bougea sa jambe gauche qui commençait à s'ankyloser. Estelle sursauta.

— Aah ! C'était votre jambe ?

Il tenta un petit rire complice mais ne parvint qu'à émettre un raclement de gorge.

— Oh je suis désolée. Je pensais…

— Ça n'a pas d'importance.

— Le pied de la table… Je pensais que…

— Oui, eh bien non.

— Je suis confuse.

— Mais je vous en prie, tout le plaisir, il n'y a pas de problème…

Viviane venait de se lever, indiquant qu'elle se dirigeait vers les toilettes, contenant tant bien que mal son fou rire. Les deux convives la maudirent de les abandonner en mauvaise posture. Estelle enchaîna.

— Mon steak est nerveux. Le vôtre ?

Vincent ne savait plus où arrêter son regard.

— Le mien, non pas trop, il est assez tendre, je suis bien tombé.

— Dites-moi, Vincent, vous êtes prof de quoi ?
— D'anglais. Et vous ?
— De rien, je ne suis pas prof.
— Non, je veux dire, vous faites quoi dans la vie ?

Le soir, Estelle appela Viviane pour lui dire qu'elle avait beaucoup ri dans l'après-midi en repensant à ce déjeuner et lui demander pourquoi il n'avait pas évoqué leur première rencontre, pas posé la moindre question sur son histoire avec William, si elle lui avait conseillé de ne pas aborder le sujet, aucune consigne, jura Viviane, si elle mangeait souvent avec Vincent, il était vraiment sympathique, un peu nerveux peut-être, intimidé, corrigea Viviane. Comment, se dit Estelle, pouvait-elle intimider qui que ce soit dans son état ?

Les deux amies se retrouvèrent le surlendemain à la sortie du lycée, vers douze heures trente. Viviane proposa d'acheter des sandwiches et de s'installer dans un parc, c'était dommage de s'enfermer avec un si beau soleil. Elles parlèrent peu. Estelle était envahie par le doute. Elle ne parvenait plus à entendre le vent dans les arbres, les oiseaux. Elle tenta d'accumuler l'énergie fournie par les rayons qui réchauffaient son visage, ses bras, ses jambes et son ventre à travers les habits. Elle sentait le corps de Viviane, immobile, près du sien, il la calait, l'empêchait de se sentir attirée vers le sol, la poussière. Avant de laisser Estelle reprendre le métro, Viviane lui proposa de revenir dès le lendemain. Elle accepta.

Quand Estelle approcha du lycée, Viviane discutait avec Vincent. Sa première impulsion fut de faire demi-tour et de repartir, non pas par mécontentement de le voir, de penser qu'il allait probablement se joindre à elles, mais par pure surprise. Elle n'avait pas prévu de le rencontrer et le moindre changement de programme la bouleversait. Elle ralentit le pas, les larmes lui montaient aux yeux. Elle se trouva ridicule.

— ... Ah tu crois.

— Je ne l'avais pas vu comme ça.

— Evidemment, Vincent.

Viviane s'interrompit, la voyant approcher. Vincent fut soudain possédé par une danse de Saint-Guy qui le fit pirouetter autour de son cartable avant de serrer la main qu'Estelle lui tendait.

— Je vous ai interrompus.

— Mais non mais non.

— J'essayais d'expliquer à Vincent pourquoi la galanterie m'emmerde...

— ... et je ne comprends pas bien, je suis un peu courge...

Estelle se précipita sur une fragile envie de faire bonne figure et décida d'intervenir.

— Ecoutez Vincent, venez déjeuner avec nous, vous aurez tout le loisir de vous instruire et, moi, je pourrai profiter des explications.

Vincent ne se fit pas prier. Ils décidèrent de s'installer à la terrasse d'une pizzeria.

— Par exemple, quand je monte dans un wagon de métro et que toutes les places assises sont occupées, il y a toujours un type pour se lever et me proposer son strapontin.

— Et alors ?

— Je n'en veux pas, moi, Vincent, de son strapontin.

— C'est plutôt gentil de sa part, pourtant. Non ?

— Vincent, j'ai trente-six ans, je ne suis pas en porcelaine, pas plus que le type en question, je ne vais pas me casser en restant debout un quart d'heure, être une femme n'est pas une maladie.

Est-ce que tu crois qu'il le proposerait à un homme de mon âge, son strapontin ?

— Non, bien sûr.

— Voilà. La politesse s'adresse à tous, la galanterie ne s'adresse qu'aux femmes et sous-entend généralement qu'elles sont plus faibles ou plus fragiles. En échange d'un peu de considération, un homme galant demande aux femmes d'entrer dans son jeu.

— Quel jeu ?

— Il lui demande de valider le classique rapport de forces. Si j'accepte le strapontin, je signifie "vous avez raison, bien que jeune, je suis une femme, donc plus faible que vous qui êtes un homme, donc j'ai plus besoin que vous d'être assise". Alors je dis "non" au jeune homme et, bien évidemment, il le prend mal, il me dit ce que tu viens de me dire.

— Qu'est-ce que j'ai dit ?

— Il me dit qu'il voulait me faire plaisir, être gentil, alors si j'ai la forme, je lui explique ce que je viens de t'expliquer, d'une part, et d'autre part que je ne suis pas sur terre pour qu'on me fasse plaisir de gré ou de force, que je suis seule juge, que s'il tient à être gentil, qu'il se réinstalle calmement sur son strapontin, car il est en train de s'énerver juste parce que je viens de lui dire "non", je lui conseille de se contenter d'être poli avec les femmes comme il l'est avec les hommes, ni plus ni moins.

— Et si tu n'as pas la forme ?

— Je dis "non" et je regarde ailleurs, et s'il insiste je me déplace dans le wagon.

Malgré le nombre infini d'hommes et de femmes qu'il restait à convaincre (elle-même n'avait jamais analysé la galanterie de cette façon, s'étant arrêtée au plaisir que procurait l'hommage), Estelle admirait le calme pédagogique avec lequel Viviane parvenait à s'expliquer. Elle ne pouvait cependant s'empêcher de songer à une danaïde penchée, au Pandémonium, sur son tonneau sans fond. Elle prit la parole.

— Vous comprenez, Vincent ? Ça paraît clair, non ?

Vincent se frotta les yeux dans le but de se donner une contenance.

— Oui, oui, ça paraît clair.

— Vous dites ça pour me faire plaisir.

— Non, non, je pense que j'ai compris. Mais ce n'est pas facile.

— Personne ne dit que c'est facile.

Le serveur apporta les trois plats, chacun commença à manger en silence. Cette discussion avait redonné du tonus à Estelle.

— Sérieusement, Vincent, Viviane a raison, on nous bombarde du matin au soir de messages subliminaux, sois conforme au désir de l'homme, sois obéissante, aie l'air jeune, sois moins grosse, là est ton salut.

Viviane enchaîna.

— Laisse-toi modeler par ce monde construit par et pour les hommes, accepte de dépendre d'eux, de croire que tu as besoin de leur protection, j'en passe. Moi j'en ai marre. Il ne s'agit pas que d'une histoire de strapontin, Vincent. Je veux qu'une femme ne soit pas obligée de se comporter comme un homme pour accéder au pouvoir…

Estelle était intriguée. De toute évidence, Vincent ne se sentait pas menacé par les explications de Viviane. Il ne s'énervait pas, n'essayait pas de prendre le parti de ses congénères. Il l'écoutait et réfléchissait.

— … je veux que le mot “féminisme” soit réhabilité. Il veut bien dire ce qu'il veut dire. Non, nous ne sommes pas une bande d'hystéros sectaires, nous en avons juste assez de nous faire marcher dessus du matin au soir. Et nous ne cherchons pas à arracher les couilles des hommes, nous voulons juste qu'ils comprennent qu'avoir des couilles ou pas ne change rien quand il s'agit d'administrer un pays, une ville ou une entreprise. Avoir une tête, une intelligence, un savoir, du courage, une sensibilité, voilà qui est plus utile en l'occurrence. Nous voulons aussi qu'ils comprennent que les couilles ne constituent pas un obstacle technique aux tâches ménagères, à la gestion de leur propre merde et, de façon solidaire, de celle de leur entourage, que les couilles ne risquent pas la brûlure pendant le repassage d'une chemise, pas plus que l'absence de couilles ne prédestine au maniement expert du fer à repasser, *idem* pour se charger des enfants, les nourrir ou changer leurs couches. Nous voulons qu'une femme puisse occuper un poste à responsabilités dans une grande entreprise privée sans que faire un enfant lui coûte sa carrière, car même s'il faut être deux pour la conception, c'est quand même la femme qui doit s'arrêter quelques mois pour accoucher et s'en remettre. Nous voulons qu'on cesse d'utiliser l'argument des besoins du sacro-saint bébé pour nous enfermer. Nous voulons qu'on cesse de culpabiliser celle qui n'a pas envie de rester soudée au berceau pendant des mois. Et nous voulons qu'on nous foute la paix quand nous souhaitons ne pas avoir d'enfant, qu'on arrête de nous bassiner avec l'instinct maternel, l'horloge biologique et j'en passe.

— Qu'est-ce que je n'ai pas entendu, moi, quand j'ai annoncé que je voulais reprendre le travail et que j'allais faire garder Wanda quelques heures par jour ! Le fait que je bosse à la maison constituait d'ailleurs une circonstance aggravante. Mon mari me disait “Mais enfin, elle ne te dérange pas, elle dort toute la journée”. Un matin, je suis allée à son bureau avec notre fille, je lui ai dit que désormais on la garderait un jour sur deux, chacun notre tour, puisqu'elle ne dérangeait pas, elle pouvait aussi bien dormir près de lui qu'à la maison. Ça l'a calmé.

— Toutes les femmes ne parlent pas comme vous, mesdames.

— Ça vous étonne, Vincent ? Avec tout ce qu'on leur fait avaler…

— Une dernière chose, je ne veux pas devenir misogyne sous prétexte que j'ai compris ce que la plupart des femmes tardent à comprendre : être autonome, c'est mieux et ça n'interdit pas d'être accompagnée. Il ne faut pas se tromper d'adversaire. La société patriarcale occidentale est une pyramide au sommet de laquelle on trouve l'homme blanc hétérosexuel de classe supérieure. Elle sert les intérêts d'un nombre finalement assez restreint de personnes.

— Tout cela sonne très politique, Viviane.

— Mais ça l'est, Vincent. Nous parlons de la vie de la cité, non ?

Viviane vibrait, Vincent ouvrait de grands yeux, il avait oublié toute agitation relative à la présence d'Estelle.

— Mais sa femme l'aide bien, cet homme blanc hétérosexuel de classe supérieure, comme tu dis, à se maintenir à sa place privilégiée.

— C'est exactement ça, Vincent chéri, elle l'aide. Ça s'appelle avoir bien assimilé l'oppression. Sa femme, même privilégiée, est derrière lui. Elle vit pour lui.

Quand le serveur porta l'addition, Estelle s'en saisit.

— Je vous invite.

Viviane et Vincent la remercièrent, ce dernier renouant avec les mouvements parasites qu'il était parvenu à endormir. Estelle posa sa carte bleue dans la coupelle. Quelques minutes plus tard, le serveur réapparut avec la machine. Il enfila la carte, composa le montant de la facture et tendit d'autorité l'appareil à Vincent. Viviane et Estelle se sourirent.

— Tu vois, Vincent, du matin au soir.

— Quoi ?

— Rien. Je t'expliquerai.

— C'est moi qui paie, monsieur…

Le serveur tendit la machine à Estelle, le regard ailleurs, déjà. Il venait de voir arriver de nouveaux clients.

Estelle les accompagna jusqu'à leur lycée. Quand elle était avec Viviane, Estelle retrouvait l'évidence de vivre. Elle admirait la clairvoyance avec laquelle son amie analysait leur condition, l'admirait d'autant plus qu'elle considérait ne posséder ni le courage ni la force d'aller aussi loin dans la cohérence et l'honnêteté intellectuelle. Elle descendit dans la bouche de métro en se disant qu'elle regrettait de ne pas être lesbienne, que Viviane ne le soit pas non plus, trouva triste qu'il lui paraisse impossible d'agir sur son désir dans ce sens. Elle aurait aimé être à même de revendiquer, comme elle l'avait déjà entendu, qu'on tombe amoureux d'une personne, et que le sexe de cette personne n'a aucune importance. Mais embrasser une femme, caresser une femme, restait inenvisageable. Jamais elle n'avait entrevu la moindre éventualité qu'un tel événement lui arrive.

En rentrant chez elle, Estelle prit deux décisions. D'une part, elle allait reprendre la pilule. D'autre part, elle allait commencer à écrire. Elle désirait s'y mettre depuis longtemps, n'avait pas de travail à part quelques petits textes à traduire pour des revues, rien de très absorbant. Tout juillet s'offrait à elle. En commençant par la rencontre avec Xavier, elle verrait bien où le fil de sa vie la mènerait.

Vincent devait descendre à Limoges à la mi-juillet. Ses parents l'attendaient, comme chaque été. Il s'accordait toujours deux semaines de vacances à Paris après la fin des cours. Il aimait flâner à pied ou en scooter, rattraper son retard cinéma et boire des cafés aux terrasses, regarder passer les gens, les touristes, carte en main, grimaçant leur myopie en cherchant les noms de rue dans les coins, les Parisiens, l'air plus décidé, les solitaires, les couples, et, parmi les couples, les mal assortis, ceux qui faisaient envie, les enamourés, les haineux, les indifférents, avec enfants, sans ; il était incapable de s'imaginer père. Il avait vécu plusieurs années avec une femme, rencontrée à l'université, ils avaient obtenu leur CAPES la même année, des postes dans Paris *intra muros*, tout s'était bien passé jusqu'au jour où Martha avait commencé à parler bébé. Il n'en voulait pas, sentait confusément, sans trop chercher à se l'expliquer, qu'il s'agissait de ne pas perpétuer la lignée dont il était le dernier rejeton. Un "non" ferme et définitif précipita leur séparation et Vincent découvrit la vie en solitaire, il avait vingt-huit ans. Il réalisa qu'il avait à peine quitté ses parents quand il s'était installé avec Martha. Depuis lors, les aventures courtes avaient, en se succédant, effacé l'évidence de cette conjugalité traversée sans encombre pendant sept ans. Il en était venu à se demander si la vie de couple qu'il espérait de toutes ses forces lui serait à nouveau possible, s'il existait une femme capable de le supporter plus de deux semaines.

Avant de lui souhaiter de bonnes vacances, Vincent avait demandé à Viviane Bergonzoli le numéro de téléphone d'Estelle. Elle le lui avait communiqué sans aucun commentaire, ils s'étaient embrassés et donné rendez-vous au café, le jour de la rentrée des professeurs, une heure avant la reprise.

Il hésita à appeler. Estelle s'était un peu intéressée à lui, en avait eu l'air, du moins, pendant les quelques déjeuners qu'ils avaient partagés. Mais il savait d'expérience qu'il avait pu se fourvoyer totalement, mal interpréter les regards, peut-être l'avait-elle tout simplement observé, pure curiosité, intérêt pour l'espèce humaine dans toute sa diversité. Quand il surprenait, posé sur lui, l'œil d'une femme qui lui plaisait, il ne pouvait s'empêcher de démarrer au quart de tour et, plutôt que de rêvasser des semaines dans le vide, il avait pris l'habitude de se jeter à l'eau.

— Allô ?

— Oui bonjour, Vincent Roze à l'appareil.

— Vincent ! Quelle surprise.

Estelle n'était pas surprise. Viviane l'avait prévenue, espérant avoir bien fait de donner ses coordonnées. Estelle l'avait rassurée, dîner un soir avec Vincent Roze, le grand nerveux, elle n'y aurait pas pensé toute seule, mais pourquoi pas.

Elle resta en pilote automatique le temps de se maudire d'avoir réagi de façon aussi prévisible, d'où pouvaient bien encore venir ces réflexes de midinette, décidément, elle se donnerait des baffes si elle s'écoutait… Ils se parlèrent un bon quart d'heure. Rien d'important. Juste les banalités d'usage, fatigue de l'année écoulée, quel film avez-vous vu récemment, vos projets de vacances, de quoi faire exister une prochaine rencontre.

Assise sur les marches de l'Opéra-Bastille, Estelle regarda Vincent attacher son scooter, enlever son casque puis la chercher du regard. Elle lui fit signe et le rejoignit. Vincent avait vu Estelle bien avant d'avoir traversé la place. Attendant que le feu du boulevard Beaumarchais passe au vert, il avait jeté un coup d'œil en direction du grand escalier et malgré la circulation, le bruit, l'agitation ambiante, il avait immédiatement identifié la belle Estelle près de la rampe de droite, en surplomb. Il l'ignora le temps de s'approcher, de monter sur le trottoir et de garer son engin, de fixer la grosse chaîne, elle le regardait faire, c'était bon, ce regard sur lui pendant qu'il s'affairait calmement, bon sang quel plaisir, se dit-il, prenant tout son temps, s'appuyant sur une jambe, puis sur l'autre, laissant tomber sa tête sur le côté, légèrement, comme pour mieux profiter d'un rayon de soleil.

Ils se firent la bise alors qu'il avait déjà commencé à déverser un flot de paroles. Aucune trace de l'agitation à laquelle il l'avait presque habituée.

— Je me demandais si je vous verrais, il y a toujours tellement de monde sur ces marches…

Il parlait, parlait, prenait à peine le temps de respirer. En deux phrases, il était capable de créer l'impression que la rencontre s'était déjà ancrée depuis belle lurette dans un ronron paisible, il avait tué dans l'œuf l'inconfortable moment d'entrée en matière qui aurait dû suivre les embrassades. Pourtant, il parvenait à ne pas être agaçant, c'était même ce monologue qui rendait sympathique sa longue silhouette. Et voilà qu'il évoquait leur première rencontre.

— … Et quelle surprise, en passant à table, on m'avait placé à votre gauche.

— Vous parlez d'une surprise.

— Je ne m'y attendais pas, je vous assure, je ne sais pas à quoi je m'attendais, du reste, à me voir attribuer un tabouret dans la cuisine, probablement, la vie ne m'a pas rendu très optimiste.

— Ah bon ?

— Non… Et donc, un matin, j'ai demandé de vos nouvelles à Bergonzoli, elle déjeunait avec vous le midi même et m'a invité à me joindre à vous.

— Moi non plus, la vie ne m'a pas rendue très optimiste.

Ils dînèrent dans un restaurant de la rue de Charonne. Estelle se sentit un peu vieille, les clients atteignaient rarement la trentaine. Vincent n'y accorda pas une seule pensée. Il se voyait encore tel qu'à vingt-cinq ans. Il avait fini par se dire qu'il parlait trop, devait cesser de se rassurer en prenant de la place. Il posa des questions sur Wanda et, pendant qu'Estelle lui répondait, il commença à s'imaginer amant de la maman, amené à faire la connaissance de la petite fille, une situation inédite pour lui, quelques images fusèrent, il se vit attendant à la sortie d'une maternelle, assis dans un jardin public, devant un bac à sable dans lequel une fillette remplissait un seau, écoutant une fillette réciter ses tables de multiplication en entortillant ses cheveux autour de ses doigts… Une femme avec enfant, pourquoi pas, une femme avec enfant, l'aubaine en vérité, Vincent n'avait rien contre l'éventualité de participer à l'éducation d'un gamin, pour peu que ce ne soit pas le sien. Tout en mangeant, il lui souriait, il était détendu, enfin il était là, devant elle, pensa-t-il, le vrai Vincent Roze, pour la première fois, comme si le moment était venu de s'extraire de son histoire, de renoncer à se reconnaître dans cette nervosité qu'il avait réservée aux femmes "intimidantes" tout au long de ses années de jeunesse, il cessait de s'y réfugier, c'était réglé, cette agitation, c'était ridicule, à son âge, il était plus que temps de la mettre au rancart.

Chacun était rentré chez soi satisfait, on avait passé une bonne soirée. Vincent n'en savait pas plus long sur l'intérêt que lui portait Estelle. Il décida, dans un élan de sagesse, de laisser décanter, tout serait plus clair à la rentrée.

Estelle l'avait écouté, puis regardé manger, souriant et détendu, il ne correspondait plus à l'image qu'elle s'en était faite, un mélange des premières sensations enregistrées cinq ans auparavant et des impressions laissées par leurs déjeuners à trois. Il lui paraissait finalement bien plus sérieux que drôle, lucide que léger, humble que désespéré. Comme il était difficile de cerner les gens.

Plus la soirée avançait, plus elle avait eu envie de se laisser aller. Elle le rappellerait en septembre.

Estelle se glissa dans l'été sans projet de vacances. Viviane partait en Colombie avec Nicolas, Walter avait trouvé un job. Elle vivait au jour le jour à Paris. Wanda n'allait plus à la crèche que le matin, Estelle voulait lui faire profiter des belles après-midi de juillet, l'emmenait au bois de Vincennes ou au Jardin des plantes. Walter, quand il ne sortait pas, passait la soirée avec elles. Il rejoignait ensuite sa chambre de bonne où une chaleur tropicale l'accueillait. Il ouvrait fenêtre et porte à la recherche d'un courant d'air, se déshabillait et s'allongeait en attendant que la température descende.

Un soir, il s'endormit ainsi. Le sentiment d'une présence le réveilla en pleine nuit, il entrouvrit les yeux et, en effet, un géant chevelu se tenait debout près de son lit, la lumière du couloir dessinait sa charpente. Que lui voulait ce colosse qui ne bougeait ni ne prononçait mot, à côté de lui, allait-il se mettre à grogner au moindre mouvement, lui écraser la tête contre un mur comme on tue un insecte et d'ailleurs, où était-on, dans quelle contrée, quelle forêt abritait de tels mastodontes ? La conscience lui revint tout à coup, il fit un bond et sa tête heurta le coin du bureau en surplomb. Il retomba, à demi assommé.

— C'est moi ! Jeffrey ! Jeff ! Ton voisin ! Pas de panique ! La porte était ouverte, il n'y avait pas de lumière chez toi alors je suis entré voir si tu n'avais pas de problème. Tout va bien ?

— Je crois que je saigne.

— Ne bouge pas. J'ai tout ce qu'il faut dans ma chambre. Je reviens.

Walter avait attrapé son T-shirt sur sa chaise, l'avait roulé en boule et le pressait au sommet de son front. Jeffrey réapparut avec du coton, de l'alcool, des pansements, une bande et un bac à glaçons.

— Je peux allumer la lumière ?

— Oui vas-y.

Jeffrey alluma une lampe sur le bureau et se pencha sur la tête de Walter.

— C'est rien, tu n'as pas besoin d'être recousu.

Il s'assit au bord du lit, désinfecta la plaie, posa un pansement.

— Je mets le bandage, le pansement ne va pas tenir à cause de tes cheveux. Qu'est-ce que je peux prendre pour les glaçons ?

— Ce que tu veux.

Jeffrey regarda autour de lui, attrapa le T-shirt que Walter avait reposé au sol. Comme l'étoffe était maculée de sang, il le laissa tomber, chercha encore quelques secondes puis décida d'ôter son propre T-shirt. L'infirmier de fortune glissa les glaçons à l'intérieur, les centra loin des issues possibles, encolure et manches, les emprisonna grâce à un élastique trouvé sur le bureau et appliqua la poche froide sur la tête du blessé.

— Ça va ?

— J'ai mal à la tête mais ça va.

Plus Walter reprenait ses esprits, plus il s'apercevait que le gentil Jeffrey avait très peu d'accent, était sublime, bandait dans son jean, que son T-shirt libérait un fumet délicat tout en lui congelant le sommet de la tête et que lui-même, nu comme un ver, arborait une érection triomphante.

— Ça va aller tu crois ?

— Oui.

— Bon. Je te laisse le T-shirt. Tu me le rendras une autre fois.

— D'accord. Merci beaucoup.

— Si tu te sens mal, n'hésite pas à m'appeler. Je t'entendrai.

— OK, Jeffrey.

— Jeff. Allez, bonne nuit.

— Toi aussi, Jeff.

Walter finit par se rendormir. Le réveil sonnait à six heures trente.

Le lendemain, Walter expliqua à Estelle comment il s'était débrouillé pour s'arranger de la sorte.

— Tu es complètement dingue de laisser ta porte ouverte.

— Je n'ai pas fait exprès, je me suis endormi.

— Mais moi je ne pourrais pas m'endormir avec la porte ouverte !

En rentrant, il rinça le T-shirt qu'il avait laissé tremper dans son lavabo et le surlendemain, un vendredi soir, il attendit une heure et demie du matin que Jeffrey monte l'escalier pour le lui porter repassé. Le bel Australien l'invita à boire un whisky, il était originaire de Sydney, suivait un cursus de français pour étrangers à la Sorbonne, travaillait tous les soirs dans un restaurant. Walter était intimidé par le rayonnant mystère qui nimbait son voisin, la présence inimitable que lui avaient donnée la solitude, l'habitude de vivre loin de chez lui et de ne compter que sur lui-même. Jeffrey prenait tout son temps pour faire connaissance, s'accommodait sans la moindre angoisse du silence omniprésent. Quand il se leva pour sortir une plaque de chocolat de son petit réfrigérateur, que Walter se leva aussi, s'approcha de lui et l'embrassa, il l'accueillit avec le plus grand naturel. Ils firent l'amour avec infiniment de lenteur, Walter garda longuement Jeffrey allongé sur lui, le serra très fort, Jeffrey lui souriait et l'embrassait. Walter était très ému, il y avait tellement de vie et de joie dans ce regard. Vers quatre heures du matin, il retourna dans sa chambre pour dormir.

Estelle rencontra Raphaël un matin, dans le métro. Au moment où elle allait s'asseoir, la rame avait procédé à un arrêt d'urgence. Incapable de résister à l'imprévisible et brusque mouvement, Estelle avait plongé dans les bras du voyageur qui lui faisait face. Il avait murmuré un tout petit "aïe", elle s'était excusée, il lui avait souri, elle avait cherché un appui sur la banquette, il l'avait aidée à se désencastrer et à ramasser le contenu de son sac répandu au sol. Estelle avait apprécié qu'il garde le silence. Elle s'était assise, avait sorti son livre et, en tournant une page, s'était aperçue qu'il souriait encore, tout en frottant la hanche qu'elle avait heurtée avec un de ses genoux. Elle avait alors eu toutes les difficultés du monde à se plonger dans le roman, avait plusieurs fois relu la même page sans la comprendre. Après avoir levé la tête pour vérifier encore l'humeur hilare du beau brun qui suivait des yeux la course des conduits électriques sur la paroi du tunnel, elle avait rangé son livre, tourné la tête vers la vitre du wagon, y avait retrouvé le superbe visage fendu par un toujours aussi large sourire. Il avait fini par s'en apercevoir, chacun avait longuement dévisagé le reflet de l'autre. Il descendait aussi à Gambetta, elle s'était fait violence et l'avait suivi. Juste avant qu'il entre dans le théâtre de la Colline, elle l'avait rattrapé, lui avait dit qu'elle aimerait bien le retrouver plus tard, dans la journée s'il avait un moment. Visiblement surpris, il lui avait répondu qu'il travaillait jusqu'à quinze heures, qu'il venait assister à une répétition. Elle avait proposé de passer le chercher. Quand il avait disparu dans le bâtiment, elle était restée quelques minutes accrochée à la porte de verre pour reprendre son souffle, puis avait remonté la rue des Pyrénées en se félicitant de ce tout nouveau culot.

A quinze heures, elle l'avait emmené boire un café dans une des brasseries de la place Gambetta, il avait commencé à parler du spectacle pour lequel il composait une musique... Elle avait respiré un bon coup, elle ne pouvait attendre, Raphaël était le premier à retenir son attention depuis William, la séparation, janvier, onze mois.

— J'ai envie de vous.

Il avait rougi.

— J'habite à côté.

Comme il restait muet, elle ajouta :

— Vous venez ?

Il l'avait suivie. Sur le chemin, il lui posa quelques questions sans importance auxquelles elle répondit de façon expéditive. Elle était très concentrée. Elle craignait de flancher au moment de monter l'escalier, de lui demander de repartir. Dès qu'elle avait refermé la porte, elle s'était jetée sur lui.

Il lui avait laissé son numéro de téléphone et s'était dirigé vers la porte. Elle lui avait demandé son prénom alors qu'il dévalait déjà l'escalier.

— Raphaël, et toi ?

— Estelle.

— Tu m'appelles ?

— D'accord.

C'était une réussite. Elle était allée beaucoup plus loin que d'habitude, son plaisir en avait été décuplé. Jamais elle n'avait trouvé cette sensation de terrain commun sur lequel tout s'échange, qu'elle venait de découvrir. Jamais encore le sexe n'était parvenu à l'extraire du temps, de l'Histoire. Elle rappela Raphaël une semaine plus tard, pour découvrir que le numéro qu'il lui avait laissé n'était pas attribué. Tant pis. Elle ne s'arrêterait pas en si bon chemin.

Vincent attaqua ses vacances familiales bêche en main, comme chaque été. Ses parents continuaient, à plus de soixante-dix ans, à entretenir un potager ainsi que trois immenses parterres de fleurs. Les travaux les plus pénibles lui étaient réservés. Il décida de se donner sans compter, cette année, histoire de s'attaquer à quelques inesthétiques bourrelets dont il souhaitait débarrasser sa ceinture abdominale avant la rentrée. Seules de douloureuses ampoules et courbatures l'arrêtèrent après trois jours de labeur intense. Il prit l'habitude de sortir se baigner chaque matin au lac de Gensac, s'imposa quarante-cinq minutes de nage quotidienne. Pour la première fois, ce genre de résolution ne se dissolvait pas dans la langueur estivale des séjours précédents, journal-café-chaise longue au réveil. Il revit quelques anciens copains, des garçons ayant refusé de quitter le patelin, devenus épicier, garde champêtre ou cultivateur, suivant, en général, l'exemple de leur père. Comme chaque année, ils lui demandèrent quand il leur ramènerait une jolie femme de la ville. Il leur répondit en secouant la tête, bras écartés et moue dubitative.

Estelle descendit à Perpignan la deuxième quinzaine d'août, chez sa mère. Les yeux de chien battu avec lesquels Mme Martin la regardait, les petites attentions inhabituelles dont elle l'entourait ne tardèrent pas à l'agacer. Elle expliqua à sa mère que c'était elle qui avait quitté William, qu'elle ne voyait par conséquent aucune raison d'être traitée comme une veuve éplorée. La vieille dame se réfugia dans le silence et se consacra à Wanda, décidément elle ne comprenait plus cette jeune femme qu'elle avait élevée, quelque chose avait dû se passer pour qu'on en arrive là, que sa propre fille s'adresse à elle aussi sèchement et il était désormais trop tard pour tenter de comprendre. Quand Estelle s'aperçut qu'elle avait vexé sa mère, elle lui demanda de l'excuser, s'efforça de lui faire comprendre que la vie était devenue intolérable auprès de son mari, qu'elle avait tout essayé mais une main posée sur son avant-bras et un "non" signifié par un rapide mouvement de tête l'arrêtèrent. Estelle décida de ne pas se formaliser. Elle n'avait plus besoin d'être comprise.

Elle laissa ensuite Wanda à William pour deux semaines. Une cousine lui proposait sa maison à Plogoff, dans le Finistère sud, libre à partir du 1er septembre. Estelle adorait cette petite masure accrochée au sommet d'une falaise, à quelques kilomètres de la pointe du Raz. Walter semblait ne pas avoir de plans. Elle lui proposa de l'accompagner.

Ils marchèrent beaucoup, presque rageusement. Les après-midi se terminaient souvent à la baie des Trépassés, dans les vagues que le vent d'ouest jetait sur la plage en un fracas assourdissant. Estelle avait emporté l'ordinateur portable qu'elle avait acheté au printemps, après que son PC fut brutalement tombé en panne. Son manuscrit avançait. Elle revisitait les débuts de sa relation avec Xavier, y consacrait ses matinées. Elle éprouvait un plaisir assez mystérieux à consigner les épisodes de sa première histoire d'amour. Elle avait décidé d'étudier successivement ses trois périodes de vie en couple, tenterait d'en dégager les particularités et, surtout, les caractéristiques communes. Il lui apparaissait clairement qu'elle essaierait de faire publier le texte, espérant ainsi se libérer du poids de ces années. Et elle souhaitait être lue. Elle écrivait pour elle mais aussi pour être lue, comme si le fait de donner à sentir, à comprendre quel avait été son parcours, lui révélait rétrospectivement le sens qui faisait toujours défaut au présent.

Estelle rentra en pleine forme de son séjour dans le Finistère. Elle songea à inviter William à déjeuner chez elle, un dimanche. Wanda approchait de ses deux ans. Elle verrait son père et sa mère, ailleurs que dans l'embrasure d'une porte pendant deux minutes, comme d'habitude, alors qu'elle passait des bras de l'un aux bras de l'autre. Après plusieurs mois difficiles, la relation semblait s'apaiser avec William. Il avait une nouvelle copine, Charlotte, dont Walter disait le plus grand bien. Estelle proposa donc à son ex de venir accompagné mais il refusa. Il viendrait seul.

Estelle se prépara avec l'angoisse au ventre. Elle se méfiait. De lui, de tout. D'elle-même. Que cherchait-elle exactement ? Une petite voix lui soufflait qu'elle était en train de recréer une image ancienne. Pourquoi n'avait-elle pas encore entamé la procédure de divorce ? Pourquoi repoussait-elle le moment d'en parler à William ? Elle se demandait quel jeu ils allaient jouer tous les deux, devant leur fille. Estelle craignait les tentatives de manipulation de William. Elle décida d'appeler Viviane.

— Il refait sa vie, il n'aura pas le cœur au coup fourré. Et pour Wanda, ne t'inquiète pas, si tu t'en tiens à ce qui est la réalité, tout ira bien. Ta fille a pour parents un homme et une femme qui ne s'aiment plus et vivent séparés, ce n'est pas sa faute mais c'est ainsi. Elle percevra ce qui vous lie et ce qui ne vous lie pas, c'est le plus important.

William sonna à treize heures pile, se souvenant qu'Estelle détestait les retards de convention. Il lui tendit une magnifique orchidée en pot et une bouteille de vin. Estelle avait eu le temps de faire déjeuner Wanda et de s'avancer dans la cuisine. William se préoccupa de trouver une carafe pour son bordeaux, s'installa dans le canapé avec sa fille et un livre en attendant qu'Estelle lui serve un whisky, l'humeur au beau fixe, rasé de près, le cheveu brillant. Tout indiquait un déjeuner convivial, entre gens de bonne compagnie. Estelle était aux aguets, prête à bondir dès qu'il s'écarterait de la bonne route. Peut-être s'en apercevait-il.

Il filait droit.

Après l'apéritif, Estelle coucha Wanda. William en profita pour entreprendre une visite en règle de l'appartement qu'il avait pour la première fois le loisir de découvrir. Il la félicita, c'était charmant, de bon goût, bien arrangé.

— Où as-tu trouvé cette commode ? Elle est superbe.

— Dans une brocante, on va passer à table si tu veux bien, mon entrée est chaude.

Estelle respirait à fond, de vieilles rancœurs lui serraient les tripes. Elle trouvait son ex-mari un peu lourd avec ses commentaires, aurait souhaité qu'il lui épargne son sourire commercial mais il faisait des efforts, il fallait lui accorder cela, "Une bouchée à la reine !... Le traiteur de la rue des Pyrénées, je parie... J'adore ça..." Une chanson tournait dans sa tête, qu'elle venait de composer, parole et musique, qu'elle s'interdisait de chanter :

Tais-toi et mange
Connard
Connard
Espèce de connard…

Estelle passa une très mauvaise nuit. Elle avait emmené Wanda aux Buttes-Chaumont après le départ de William mais n'était pas parvenue à se calmer. Elle n'aimait pas cette nouvelle façon de lui parler qu'il avait adoptée, comme s'il manipulait une grande capricieuse, une bombe à déclencheur sensible. Elle s'était mise à l'écriture à la nuit tombée, avait renoncé au bout d'une heure, ne produisant rien de bon. Le lundi matin, elle s'était levée pour accompagner Wanda à la maternelle, puis recouchée. La sonnerie du téléphone la réveilla en sursaut vers dix heures. Estelle n'en croyait pas ses oreilles, Lucienne De Wilde lui proposait la traduction de *Two Oceans* de Fiona Michaelson. Tout le monde savait dans le métier que *Two Oceans* ne serait pas traduit par Michelle Bassé, contrairement aux autres Michaelson. Bassé prenait sa retraite. Estelle n'avait pas osé espérer décrocher ce contrat, n'avait donc rien fait pour, pas même lu le roman. Et Lucienne De Wilde l'appelait, tout simplement, se disait très impressionnée par son travail sur les nouvelles de Graham Necker.

Estelle raccrocha, se leva, dansa dix secondes sur le tapis de sa chambre, s'habilla et descendit à Village Voice acheter un exemplaire du roman, n'ayant pas la patience d'attendre celui que De Wilde lui envoyait. Elle appela Walter sur son portable, lui annonça la nouvelle et lui demanda de ne pas passer ce soir-là, elle voulait se mettre au travail le plus vite possible. Elle appela aussi Viviane. Les deux copines chantèrent ensemble au téléphone comme deux gamines. C'était le grand chantier qu'elle espérait depuis longtemps. Ces *Deux océans* annonçaient une tâche à l'ampleur considérable, de quoi faire bouillir la marmite pendant un bon moment.

Le soir venu, Estelle reprit sa lecture immédiatement après avoir couché Wanda. Elle avait entre les mains un texte magnifique. La densité de la langue devrait trouver une nouvelle fluidité en français sans perdre de sa précision. Estelle savait qu'elle proposerait quelque chose de plus moderne que l'idiome élaboré ces vingt dernières années par Bassé. Elle était persuadée de pouvoir éviter la préciosité qui se dégageait toujours de ses traductions. Elle s'interdirait les overdoses d'adjectifs, les grandes raretés lexicales qu'elle appelait les "ampoules". De toute façon, De Wilde lui avait demandé cinquante pages, il allait falloir affirmer son style.

Le téléphone sonna vers vingt-deux heures. Estelle hésita à décrocher, prit finalement le combiné.

— Allô ?

— C'est moi. C'est William. Je te dérange ?

— Non non.

— Tu n'imagineras jamais ce qui m'arrive.

— Qu'est-ce qui t'arrive ?

— Mon fils est homosexuel.

— ...

— Homo. Mon fils. Pédé. Waltywalt. Une tapiole.

— Ecoute, William, ne me fais pas chier, j'ai du travail.

Estelle raccrocha et replongea dans le roman.

— J'arrive chez Wiwi pour dîner, il me dit "bonjour Walter", c'est très mauvais signe quand il m'appelle Walter, il me demande de m'asseoir, m'indique le canapé, je m'installe donc dans le canapé, et là, planté à l'entrée du salon, il croise les bras et me dit : "Est-ce que tu es homosexuel ?" T'aurais vu sa tête tendue vers l'avant, les yeux exorbités par l'incrédulité, implorant un "non", mon père me demande de répondre à sa question, il me demande de répondre "non", il ne veut pas savoir si je suis pédé, il veut m'entendre dire que je ne le suis pas et continuer en toute quiétude à ne pas se soucier de mes faits et gestes. Trois jours plus tôt, j'avais croisé le frère de Didier Masseteau dans un bar, j'étais avec un copain australien, les nouvelles vont vite. Mais passons. Ma tête commence à se balancer de haut en bas et comme Wiwi refuse de lire ce mouvement où tout un chacun, dans nos contrées, reconnaît pourtant l'acquiescement, j'ouvre la bouche et prononce clairement "oui". Alors Wiwi quitte son poste et se met à faire les cent pas devant le canapé. "J'aurais dû me débrouiller pour que tu ne restes pas seul chez ta mère de six à dix, sans un bonhomme pour te guider en mon absence, quel qu'il soit, même le Jules qu'elle a fini par dégotter et Dieu sait qu'il n'a pas inventé la machine à courber les bananes… Mais mieux que rien, un homme à la maison, un phare dans la brume, un moyen de distinguer le nord du sud, on sait que ça vient des mères…"

Estelle éclata de rire.

— Attends, c'est pas fini : "… on sait que ça vient des mères, je ne lui pardonnerai jamais à celle-là, ce genre de truc ça ne se rattrape pas, pas plus que jambe ne repousse après amputation et moelle ne se recolle après coup du lapin…" Wiwi se laisse tomber dans un fauteuil et dit : "Tu ne sauras jamais comme c'est bon de vivre avec une femme."

Walter tentait d'imiter son père, affalé dans un fauteuil, jambes écartées, pubis offert, mais riait trop pour y parvenir. Il avait raconté la scène en parlant trop fort. Il avait jeté toutes ses forces dans le récit pour convaincre Estelle et pour se convaincre de l'absurdité de ce discours tenu par son père, qu'il connaissait déjà par cœur au moment où il l'avait entendu, ce discours qui s'était imprimé en lui à l'endroit exact que son père avait aménagé, année après année, tout au long de l'enfance, même à distance et sans trop s'en apercevoir, pour le graver le jour venu, comme dans la pierre. Walter se battait contre l'évidence de ce discours, il se dépensait sans compter, afin d'apprendre à regarder le monde autrement, avec cependant l'efficacité imparfaite, l'énergie mesurée, des grands blessés.

En cherchant sur internet, Estelle trouva une interview de Fiona Michaelson accordée au *Washington Post* en février 1999. L'écrivain y racontait avoir enseigné le violon pendant quinze ans dans un petit conservatoire du Bronx. Estelle ne fut pas surprise que Michaelson vienne de la musique. Sa langue était un chant. Ce fut à ce chant qu'Estelle décida de se fier quand elle attaqua la traduction. Elle ne lâchait pas un paragraphe avant de l'entendre résonner. Elle avait l'impression d'être entrée chez Michaelson. Elle la voyait construire son échafaudage, comprenait comment elle choisissait ses matériaux. Elle n'avait encore jamais rencontré à la fois tant d'intelligence, de sensibilité et de talent en un seul ouvrage. Elle adorait ce métier quand il lui permettait de grandir à l'intérieur d'un autre monde.

— Allô ?
— Estelle ?
— Oui ?
— C'est Walter.
— Il y a quelque chose qui ne va pas ?
— Mon père est mort.

Immobile jusqu'alors, Estelle s'accrocha des deux mains au combiné sans fil et partit marcher dans l'appartement.

— Tu es où ?

Quand elle rencontrait un mur, elle faisait demi-tour, trouvait en un coup d'œil dans quelle direction agiter son trouble.

— Chez lui, Charlotte m'a appelé, elle l'a trouvé dans la douche, en rentrant. Il aurait fait une crise cardiaque.
— Tu veux que je vienne ?
— Non, c'est pas la peine, les pompiers l'ont emmené à la morgue.
— Tu veux venir ?
— Oui je veux bien.
— Je t'attends. Et Charlotte ?
— Ne quitte pas, je lui demande.

Estelle s'était laissée tomber sur son lit. Elle avait fermé les yeux, revoyait le tableau noir de son enfance, humide des traces de l'éponge après que l'institutrice l'avait essuyé, ça sentait la craie mouillée, elle le regardait de sa place habituelle, ce tableau, en CM1, chez Mme Sylvestre, qui lisait chaque soir quelques pages de *La Gloire de mon père* à la classe avide, récompense quotidienne, Mme Sylvestre qui écrivait si bien au tableau, qui le nettoyait toujours avec méthode, d'abord le tour, puis le milieu, de haut en bas, en rinçant régulièrement l'éponge dans le seau dont l'eau était changée à chaque récréation, qu'ont bien pu devenir Claire Lacroix, Laurence Leroy, Jean-Pierre Pascot, Gilles Frémont et tous ces gamins classés par ordre de mérite, les meilleurs dans la première rangée, les cancres dans la troisième, vieille école, Mme Sylvestre…

— Charlotte te remercie, elle va rejoindre une amie.

— Bon, tu es sûr que tu ne veux pas que je vienne ?

— Non non. J'arrive. Je n'ai pas envie de rester ici.

Walter s'était allongé sur le canapé après avoir embrassé Wanda dans sa chambre.

— C'est moi qui l'ai tué.

— Qu'est-ce qui te fait penser une chose pareille ?

— Didier Masseteau l'appelle pour lui révéler que son fils est pédé et, un mois plus tard, il fait une crise cardiaque.

— Enfin, Walter, réfléchis, l'autopsie montrera probablement qu'il avait les artères bouchées, tu sais bien qu'il buvait trop, qu'il fumait trop.

Walter fondit en larmes. Estelle le prit dans ses bras.

Alarmée par les sanglots, Wanda surgit de sa chambre. Elle se mit à pleurer dès qu'elle vit son frère hoqueter sur l'épaule de sa mère. Elle bondit vers le canapé. C'est alors qu'Estelle réalisa que Wanda, aussi, venait de perdre son père.

La soirée fut assez silencieuse. Ils regardèrent *La Piscine* à la télé, Romy Schneider et Alain Delon étaient si beaux, Jane Birkin si jeune, le parfum années soixante semblait si suranné qu'il leur permit à l'un et à l'autre d'oublier le présent un moment. A la fin du film, personne ne bougea. Ils restèrent ainsi devant l'écran jusqu'à deux heures du matin, heure à laquelle Estelle se jugea suffisamment abrutie par les images pour tenter de dormir.

Vincent appela à l'heure du déjeuner. Viviane venait de lui apprendre la nouvelle, il était désolé, il proposait de remettre leur dîner du lendemain si elle le souhaitait. Estelle accepta, jugeant préférable d'être disponible pour Walter qui resterait dormir encore quelques jours.

Le matin de l'enterrement, Estelle croisa dans la rue Raphaël le musicien. Il ne l'avait pas vue approcher, n'avait pas reconnu cette silhouette sombre, accompagnée d'une petite fille dans une poussette. Il se sentit piégé quand elle le salua. Elle lui demanda simplement pourquoi il lui avait donné un faux numéro, il bredouilla qu'il était désolé, qu'il sortait d'une relation difficile, qu'il avait des bleus au cœur, des blessures à vif, qu'il n'était pas prêt à s'investir à nouveau. Comme il partait du principe qu'elle était tombée folle amoureuse de lui en un éclair, comme il était incapable d'imaginer qu'elle avait juste eu envie de lui, que cette heure de sexe n'était pour elle ni un engagement ni un chèque en blanc, elle n'insista pas, lui souhaita de meilleurs jours, l'abandonna sur le trottoir et descendit vers le cimetière.

William n'ayant jamais exprimé de souhait quant au sort à réserver à sa dépouille, la famille Willermin opta pour la crémation. Les cendres du défunt resteraient au columbarium du Père-Lachaise, dans ce quartier qu'il avait aimé. Estelle entrait pour la première fois dans un crématorium. Les baffles diffusaient du Miles Davis, la musique préférée de William. Estelle aperçut Walter au premier rang et s'approcha. Il discutait avec une femme qui lui ressemblait beaucoup, Estelle reconnut Nathalie avant même qu'il ne la lui présente. Les deux épouses du défunt se sourirent en se serrant la main, chacune put déceler la connivence dans l'œil de l'autre. Assis à gauche de leur première belle-fille, M. et Mme Willermin embrassèrent la deuxième sans un mot quand elle vint vers eux. M. Willermin, d'habitude si vif, venait de prendre dix ans. Mme Willermin semblait assommée par les narcotiques.

Walter libéra Wanda qui s'impatientait dans sa poussette.

— Wanda, je te présente ma maman.

Wanda regarda Nathalie tout en se cramponnant à la jambe de son frère. Quand la grande dame se pencha vers elle, elle courut vers sa mère. De l'autre côté de l'allée centrale, une jeune femme d'à peine trente ans pleurait silencieusement. Walter confirma à Estelle qu'il s'agissait de Charlotte. Didier Masseteau la tenait par l'épaule. Lui aussi semblait très éprouvé.

Après quelques discours, le cercueil entra dans les flammes. Nathalie tapotait la main de Mme Willermin qui menaçait de s'évanouir, Walter revit son père perdu devant sa télé, un paquet de chips à la main, Estelle versa ses premières larmes. "Tant de gâchis", pensa-t-elle. Charlotte poussa un cri, Didier Masseteau ouvrit de grands yeux horrifiés en se mordant les lèvres. Et la trappe se referma.

En fin de semaine, Estelle envoya les cinquante premières pages de *Deux océans* à l'éditeur. Elle ne savait vraiment pas sur quel pied danser, c'était la première fois qu'elle travaillait pour De Wilde. Elle pensait avoir bien capté le rythme de Fiona Michaelson, s'était efforcée, comme elle, d'avancer, de toujours donner le sentiment de pousser vers l'avant. Les jeux étaient faits. Estelle sentit qu'elle allait attendre le verdict sans angoisse. Elle ne s'était pas encore débarrassée du coton qui l'entourait depuis la mort de William.

Quand De Wilde rappela pour la féliciter, une petite semaine de torpeur venait de s'écouler. Elle envoyait une proposition de contrat, Estelle pouvait se mettre au travail. Walter, Viviane et Nicolas vinrent boire le champagne.

Comme elle aimait travailler vite et beaucoup, Estelle décida qu'en plus du Michaelson elle consacrerait deux heures par jour à son propre manuscrit.

Tout était si fragile. On pouvait s'enfoncer dans une noirceur que rien ne semblait suffire à dissiper, on pouvait constater un jour, après un coup de téléphone, qu'on avait atteint un degré respectable de reconnaissance dans sa profession, on pouvait décider d'écrire soi-même une histoire et se demander si on était en train de devenir écrivain, on pouvait mourir sans prévenir.

Au moment de choisir, Vincent suggéra l'Hippopotamus, il aimait s'offrir de temps en temps un petit séjour nostalgique dans l'ambiance clinquante et surannée des années quatre-vingt.

— On peut dire ce qu'on veut, ils ont de la bonne viande. Non ?

— Ah je ne sais pas, je n'y ai jamais mis les pieds. Je vais découvrir.

Le coup de téléphone d'Estelle l'avait mis en joie. Elle n'avait pas attendu dix jours pour le rappeler. Il avait prévu un long silence après la mort de l'ex, s'était imaginé traversant les premières semaines de cours, les plus pénibles pour lui, sans l'espoir qu'il avait caressé tout l'été de voir s'ouvrir dans un avenir raisonnable le chapitre suivant de sa vie amoureuse. Elle lui avait proposé un dîner, le lendemain, s'il n'avait rien de mieux à faire... "Ça tombe bien, il y a deux trois trucs dont j'ai envie de vous reparler", avait-il dit. Après avoir raccroché, il s'était demandé quels pouvaient bien être ces deux trois trucs.

Estelle avait craint qu'il ne prenne sa proposition pour une avance. Et puis tant pis, avait-elle pensé, elle était seule, il l'était aussi, elle le savait par Viviane, tout était possible, y compris rien. Elle avait rappelé Vincent après avoir retrouvé un rythme quotidien solide. Wanda se plaisait à la maternelle et le Michaelson avançait normalement.

On les plaça près d'un grand écran vidéo. Les serveuses naviguaient en tous sens dans leur robe chemisier rouge. Estelle se dit qu'elle ne serait pas très à l'aise dans un tel accoutrement, que le tissu fin et froissé ne suffirait pas à lui donner la sensation d'être habillée. Elle faisait face au bar où un jeune homme très musclé jonglait avec des bouteilles et remplissait son shaker en le posant sur un de ses biceps. Les yeux d'Estelle restèrent machinalement posés sur le cocktail-acrobate pendant qu'elle demandait à Vincent si la rentrée scolaire s'était bien déroulée et s'il avait croisé Viviane qu'elle n'avait pas encore revue depuis son retour de Colombie, que regarde-t-elle avec ces yeux incrédules, se demanda-t-il en lui répondant, sans oser se retourner, oui oui la rentrée s'était bien passée, du moins elle s'était passée, et Viviane se portait comme un charme.

— Ce que j'aime chez Bergonzoli, c'est qu'elle n'y va pas par quatre chemins...

Elle se retourna vers lui et abandonna sur la table le menu avec lequel elle s'éventait.

— ... Moi qui me disais que ce n'était pas drôle d'être un homme dans mon genre à notre époque... J'ai l'impression que ce n'est pas non plus Byzance tous les jours d'être une femme...

— C'est quoi, un homme dans ton genre ?

— Oh là ! Que te dire, tu vois bien... Pas très classique... Pas très typique... C'est difficile...

Estelle le regardait comme personne ne l'avait regardé depuis des années, elle voulait savoir, le comprendre, elle ne meublait pas, ne cherchait pas un moyen de rebondir, de lancer une conversation sympathique, voilà ce qu'il sentait dans son ton de voix, dans ses yeux maintenant rivés à lui, attendant une réponse à sa question, une vraie réponse, se dit-il, une réponse qui montrerait qu'il prenait la mesure de la confiance qu'il pouvait lui faire. Son rythme cardiaque s'était considérablement accéléré, c'était la personne devant laquelle se dévoiler, c'était le moment. Une phrase se composa dans l'esprit de Vincent, claire, limpide, simple, elle sonnait si vraie qu'il était certain de ne buter sur aucun mot, il suffisait d'ouvrir la bouche.

— Par exemple, un homme dans mon genre, la première fois qu'il couche avec une femme, il ne parvient pas à bander.

Bien que surprise, Estelle ne cilla pas.

— Ah bon…

Vincent sentit son cœur et ses poumons s'effondrer, la désolation régner dans sa cage thoracique, c'était bien trop tôt, décidément, il ne se corrigerait jamais, quel con, il se débrouillerait toujours pour tout casser avant même d'avoir construit mais il fallait continuer à présent, même pour rien, même en pure perte, autant compléter le navrant tableau, donner à la jeune femme une occasion de bien se marrer avec ses copines.

— Jamais. La première fois, mon désir ne suffit pas à déclencher le phénomène érectile…

Vincent s'interrompit le temps que la serveuse prenne les commandes. Comme ils ne s'étaient ni l'un ni l'autre intéressés au menu, ils jetèrent leur dévolu sur le premier plat, celui que Vincent avait l'habitude de choisir : une pièce de bœuf avec sauce béarnaise et frites.

— Saignante.

— Moi aussi.

— Où en étais-je…

Sans une once d'ironie dans la voix, Estelle lui rafraîchit la mémoire.

— Tu parlais de phénomène érectile.

— Ah oui…

Vincent avait réussi à oublier son désespoir quelques secondes.

— … Il me faut sentir que je ne suis tenu à aucune performance pour que la mécanique se mette en marche…

Estelle s'était insensiblement rapprochée de la table.

— ... Je crois que l'idée de devoir sexuel me révulse, l'expression “devoir conjugal” me donne envie de vomir, de rentrer dans les ordres, si seulement j'avais la foi, je l'ai entendue l'autre jour dans un film, “un tel ne remplit pas son devoir conjugal”, j'ai jeté mon seau de pop-corn sur l'écran, provoquant bien malgré moi une bronca parmi mes voisins de devant, victimes de dommages collatéraux...

Estelle sourit. Le regard de Vincent s'était vissé à la table.

— ... Si ma partenaire tient pour acquis qu'étant un homme je suis par essence une machine sexuelle infaillible, je suis cuit.

— Comment ça ?

Il s'accrocha à la voix pour lever les yeux.

— La première réaction de l'intéressée, au moment où elle s'aperçoit que mon organe rechigne, est déterminante. Si elle s'offusque, le prend personnellement, se braque, on est mal barrés et l'expérience me montre que j'aurai beau faire tous les efforts du monde le phénomène ne fera qu'empirer. Si un sourire ou un “c'est pas grave” répond à ma mine désolée et inquiète, tous les espoirs sont permis...

A la table de gauche, une femme âgée faisait semblant d'écouter son mari sans perdre une miette des explications de Vincent.

— ... J'ai décidé que je n'étais rien par essence, à part un individu de sexe masculin, pénis et testicules. Pour le reste, je tâtonne.

A droite, un très jeune homme suivait une compétition de moto sur un des nombreux écrans qui attiraient l'œil, tout en tournant de temps en temps la tête vers Vincent, l'air interdit. En face de lui, une très jeune femme se consacrait corps et âme à tailler sa viande.

— Je peux te demander ce que cela signifie pour toi ?

— Quoi ?

— Tâtonner.

— Je me pose des questions, j'essaie des choses. Par exemple, je me suis demandé si je n'étais pas homosexuel.

La vieille dame de gauche s'immobilisa. Vincent hésita à se mordre la langue dans le but de s'auto-amputer. Il s'était pourtant bien juré de ne plus jamais raconter à une femme qu'il avait traversé une période de doute quant à son orientation sexuelle.

— Ah, toi aussi ?

— Toi aussi ?

— Oui, enfin non, il m'est arrivé de me dire que si j'étais lesbienne ce serait plus simple.

La jeune femme de droite leva un instant les yeux, son camarade, sourcils froncés, se grattait les cheveux à travers la casquette.

— C'est ça. Moi aussi, en un sens, ça m'aurait bien arrangé d'être homo. D'une part, j'aurais été débarrassé de ma trouille du jour J moment M avec les femmes, d'autre part j'aurais eu une raison évidente de dire au monde et à mes parents “Je ne suis pas comme vous, je ne vais pas faire comme vous”...

Estelle n'en croyait pas ses oreilles. Ce grand type un peu maigre qui se frottait les yeux pour s'encourager à parler était à coup sûr, et quelle qu'en fût l'espèce, un oiseau rare. Il cherchait à nouveau l'inspiration sur le plateau de la table.

— Bref, j'approchais de la trentaine, j'avais déjà vécu une, voire deux histoires d'amour et je n'avais pu empêcher qu'elles ne se terminent en eau de boudin. Comme j'avais toutes les difficultés du monde à trouver celle qui saurait à nouveau me chavirer les sens, j'ai pensé aux garçons. Pourquoi pas les garçons, après tout. Je ne serais ni le premier ni le dernier à découvrir sur le tard qu'au lieu de m'échiner à souffler dans les voiles je gagnerais à lancer la vapeur. J'ai essayé. J'ai accompagné des potes homos au Queen.

— C'est un sauna ?

— Non, une boîte. Sur les Champs. Mes copains ont été bien, ils n'ont pas posé de questions. Je me suis fait draguer par une demi-douzaine de types aux styles différents. Ça allait du James Bond *undercover* au jeune cadre dynamique ayant troqué son costard pour un jean et un T-shirt moulants, en passant par Tintin et M. Propre. Je me suis laissé tripoter, embrasser, j'ai même senti une langue se frayer un chemin entre mes lèvres, mais rien ne venait. Je ne les désirais pas. Aucun de leur corps ne m'a inspiré quoi que ce soit. Aucune des mains qui m'ont touché ne m'a touché. La langue n'a rien réveillé dans ma bouche. Je suis allé prendre l'air à la sortie, j'ai discuté avec M. Propre qui prenait l'air, lui aussi. Nous avons parlé de désir. Il m'a dit que si c'était les femmes que j'avais matées, depuis ma plus tendre enfance, dans les catalogues des 3 Suisses section sous-vêtements, inutile de chercher plus loin, j'étais hétéro. Soit... Va pour hétéro... Ça ne règle pas mon problème... Je suis un extraterrestre.

Les plats arrivèrent. Ils avaient faim tous les deux. Ils attaquèrent leur steak. Estelle s'aperçut que Vincent tremblait légèrement. Lui commençait à se sentir en confiance. Il n'avait rien de plus à offrir que lui-même et, comme Estelle n'avait pas baissé le rideau de fer, il reprit, après avoir goûté son steak.

— Autre chose : je ne sais pas pourquoi les femmes, celles que je rencontre, en tout cas, ne s'intéressent jamais ou quasi jamais à mon corps.

— Que veux-tu dire ?

— Elles ne me tripotent pas.

— Elle ne te tripotent pas ?

— Non. Elle ne touchent pas à mon sexe, par exemple.

La jeune femme de droite se leva et disparut en direction des toilettes. Estelle s'était arrêtée de manger. Vincent reprit.

— Moi, je trouve ça curieux. Pourquoi ne cherchent-elles jamais ou quasi jamais mes zones sensibles ? Comment se fait-il qu'elles n'en aient ni l'envie ni la curiosité ?

Estelle se remémorait toutes les situations dans lesquelles elle avait eu envie de prendre une initiative et n'avait pas osé. Vincent grignotait quelques frites, il sembla soudain avoir besoin d'encouragement.

— A ton avis, pourquoi ne touchent-elles pas à ton sexe ?

— On dirait qu'elles ne s'autorisent aucun acte visant à m'exciter, ou à me donner du plaisir, c'est comme si elles ne pouvaient rien faire d'autre que "laisser faire" sous peine d'opprobre. L'idée semble imprimée dans leur tête que seules les putes et les actrices de porno s'activent, touchent, caressent, lèchent, sucent, mettent des doigts dans des trous. Si j'ai bien compris, elles se disent un truc dans le genre "si je prends une seule initiative pour exciter mon partenaire au lit, si je fais un seul geste pour lui donner du plaisir ou pour en prendre sans qu'il me le donne, je suis une salope", ou alors, "si je prends une seule initiative pour exciter mon partenaire au lit, si je fais un seul geste pour lui donner du plaisir ou pour en prendre sans qu'il me le donne, il va croire que je suis une salope". Ça te paraît idiot ?

— Non non, pas du tout Vincent. Tu as peut-être remarqué que les hommes, dès qu'ils se rassemblent en petit groupe, se sentent obligés d'utiliser un vocabulaire animalier pour parler des femmes.

— Oui, ne m'en parle pas.

— Ça n'aide pas beaucoup, tu t'en doutes.

— On n'est quand même pas tous comme ça. Non ?

— Je ne sais pas. Je n'ai pas conscience d'avoir cette image de l'homme et de la femme mais je me rends bien compte que je fonctionne avec, moi aussi.

A la table de gauche, le monsieur s'était tu depuis un bon moment, le vieux couple savourait le dessert en silence. A la droite, la jeune femme tardait à revenir. Son cavalier avait fini son assiette, demandé l'addition et ne quittait plus des yeux le grand prix de 500 cm^3, deux motos se tiraient la bourre, se jetant de virage en virage, l'arrivée était proche.

— Tu sais, Estelle, à l'intérieur de moi, il se passe le contraire de ce qu'elles escomptent. Plus je ressens une osmose, plus je m'excite. Plus je suis avec ma partenaire, plus je décolle. Alors évidemment, quand une femme tombe sur un gars comme moi, qui n'a pas bien appris sa leçon et que la vue d'un corps féminin nu et offert ne suffit pas à transformer automatiquement en porteur d'étendard, un p'tit gars qui demande une participation, il y a un hic.

Ils payèrent, sortirent et choisirent un bar sur la place de la Bastille avec niveau sonore acceptable.

— Je ne veux pas être celui qui prend celle qui se laisse prendre, en tout cas pas par devoir, je ne veux pas considérer que celui qui pénètre est l'actif, en tout cas pas en vertu d'une loi. Je veux aussi pénétrer passivement une femme qui s'active. Je ne veux pas que ma partenaire pense que je la caresse parce que j'ai lu dans *FHM* “comment s'y prendre pour la faire jouir” avec mode d'emploi, enfoncer la clé dans le contact, démarrer, ne jamais oublier d'enclencher sa ceinture et de vérifier les deux rétroviseurs avant de passer la première. J'aime ça autant qu'elle, je veux aimer ça en même temps qu'elle, pour les mêmes raisons qu'elle, je ne veux rien lui voler, lui arracher de force et je ne veux pas qu'elle attende le dégel, je veux qu'on remonte tous les deux ensemble les manches sur nos quatre bras. Je veux qu'on s'accorde aussi le droit de ne rien faire, tout à coup, si l'envie nous prend de rester là, sans bouger, l'un avec l'autre, que ne pèse pas sur nous le devoir de faire ce qui doit être fait, dans le bon ordre, avec les silences, soupirs, cris et gémissements appropriés.

Vincent se tut quelques instants. Il goûta sa margarita et reprit.

— Même mon pote Philippe, avec lequel j'ai grandi, qui a partagé ma frousse et mes angoisses d'ado, geignant en ma compagnie des après-midi entières, affalé à mes côtés dans ma chambre, pendant que les autres ados mâles se dépensaient sur des terrains de foot, de hand et de basket, même lui ne me comprend plus, me dit aujourd'hui "Tu sais, moi, maintenant, j'ai d'autres préoccupations". Philippe a rencontré Isabelle à vingt-quatre ans, ils ont acheté un appartement, se sont mariés et ont fait un gosse. La top construction. Plus la peine de réfléchir.

— Mais, si je puis me permettre, tu les trouves où, ces femmes dont tu parles ? Parce qu'elles me paraissent quand même un peu particulières.

— Je ne sais pas, je ne cherche pas à rencontrer des femmes, je rencontre celles que la vie met sur ma route. Je me retrouve toujours avec les fragiles de vingt-cinq ans qui parlent en timbrant à peine et qui veulent qu'on leur tienne chaud. Le problème c'est que j'ai les pieds froids, été comme hiver, et leur fragilité me désarme, et en plus je ne les entends pas parler, étant un peu dur de la feuille à la suite d'une otite juvénile mal soignée. Je me demande comment je me débrouille. Les femmes qui m'attirent ne sont pas celles qui me conviennent.

Je m'éclate bien plus avec des femmes au caractère affirmé, qui n'ont besoin de personne, juste envie de quelqu'un. Et pourtant, par je ne sais quelle action maléfique de mon génie personnel, ce fourbe, elles deviennent mes amies, rarement mes maîtresses. Il m'arrive aussi de me lancer avec une femme dont je pense qu'elle correspond à ce que je cherche et vice-versa et tout, et de découvrir qu'il y a maldonne, elle veut Souchon au balcon puis Banderas au tison.

— Qu'est-ce que c'est que cette histoire ?

— Je ne sais plus qui disait ça, Woody Allen ou Alain Souchon je ne sais plus, mais en gros, quand on n'est pas Antonio Banderas, il faut les faire rire. Les femmes aiment Alain Souchon parce qu'il les fait rire.

— Mais non, il n'est pas drôle, Alain Souchon, Woody Allen je veux bien, mais Alain Souchon... On dirait un chaton qui a perdu sa mère. Les femmes aiment Alain Souchon parce qu'il a l'air fragile, elles ont envie de le materner.

— Ah oui... C'est vrai... C'est ça. Enfin bref, même quand elles sont séduites par Souchon, il a intérêt à se transformer en Banderas au pieu. C'est plus le moment de rigoler ou de miauler à la mort...

— Tu es assez seul, non ?

— Assez seul ? Très seul ! Pas toi ?

— Si.

— On en tient, une sacrée couche, hein ? Moi, je dis qu'il faut agir. Pendant longtemps, j'ai laissé venir. Maintenant, ce n'est plus possible. Il faut agir.

— Mais dans quelle direction ?

— Ou je travaille à ressembler un peu plus à un-homme-un-vrai ou je persiste dans la voie qui me semble être la mienne, mais c'est pas marrant, ce problème d'érection. Ça me mine. Et j'ai beau y réfléchir, ça ne se résout pas.

— Courage.

— *Life is tough and then you die*, comme dit ma copine Sarah. Mais c'est toujours moi qui parle… Je prends toute la place…

— C'est ton côté classique.

Vincent s'ébroua, comme s'il venait de prendre une claque.

— Ça c'est méchant mais, bon, tu as raison, c'est mon côté classique.

— Je plaisante. Je vais rentrer, il faut que je libère le baby-sitter. On continuera une autre fois. Je ne sais pas toi, mais moi ça m'intéresse beaucoup de parler de tout ça.

Estelle décida de profiter du petit courant froid qu'elle avait provoqué. Il était presque deux heures du matin. Ce n'était pas un problème de rentrer si tard, Walter devait dormir depuis bien longtemps, mais plus la nuit avançait et plus Estelle sentait que Vincent s'éveillait. Elle avait passé une excellente soirée et, tout ce qu'elle voulait, c'était dormir, se reposer, être en forme pour travailler.

Vincent la raccompagna en scooter. Pendant le trajet, Estelle s'efforça d'éviter tout contact physique. Leurs têtes se heurtèrent aux premiers coups de frein mais elle apprit vite à prévenir les chocs. Rue Orfila, elle descendit et lui rendit le casque. Comme il avait enlevé le sien, elle lui fit deux bises, glissa un "au revoir" dans un sourire, fit les deux pas qui la séparaient de la porte de l'immeuble, composa le code et disparut. Il attendit que la minuterie s'éteigne, les yeux errant dans le hall vide, puis démarra. Il avait une amie de plus.

Une fois couchée, Estelle repensa à la soirée. Ce type était différent des autres, cela sautait aux yeux, et, en plus, il avait quelque chose qui échappait, quelque chose d'indéfinissable, qui pouvait aussi bien être une profonde tristesse dissimulée qu'une inébranlable joie de vivre ignorée. Elle se demanda pourquoi elle s'était sentie obligée d'évoquer Wanda pour partir, pourquoi elle n'avait pas tout simplement dit qu'elle était fatiguée, qu'elle voulait rentrer, qu'elle avait beaucoup de travail. Elle s'endormit avant de répondre.

Grégoire était illustrateur. Lui aussi travaillait à domicile, sur son ordinateur. Il dessinait pour les enfants à partir des histoires que les éditeurs lui proposaient. Il habitait avenue Gambetta. Estelle l'avait rencontré plusieurs fois dans la rue ou à la boulangerie. Elle lui avait dit "bonjour", un vendredi, en le croisant sur un passage clouté, il lui avait parlé dans la queue du supermarché le samedi, ils s'étaient assis ensemble sur un banc de la rue des Pyrénées le dimanche, étaient devenus amants le lundi après-midi. Grégoire venait tout juste d'avoir trente ans. Estelle avait décidé de parler, dès le premier jour, de tuer dans l'œuf les malentendus potentiels, elle ne cherchait pas à se caser, elle avait beaucoup aimé faire l'amour avec lui et, s'il le souhaitait, ils pourraient se voir de temps en temps et, s'il ne le souhaitait pas, ce n'était pas grave, il pouvait le dire, cela valait mieux, même, car ils seraient de toute façon amenés à se revoir, ne serait-ce que dans la rue ou à la boulangerie. La proposition convenait à Grégoire. Ils prirent rapidement l'habitude de se retrouver une fois par semaine, dans la journée, parfois chez lui, parfois chez elle. Estelle aimait ses mains charnues, le grain de peau de ses doigts, légèrement sec et abrasif, son sexe épais et rose, ses fesses rebondies, le flegme tonique avec lequel il la pénétrait et les petits cris qu'il poussait dès qu'elle lui effleurait le bout des seins.

Finalement les hommes qu'elle préférait au lit n'étaient pas ceux avec lesquels elle avait vécu. Elle s'interrogea sur le rapport entre le quotidien et le manque d'exaltation. Toutes ses amies mariées disaient qu'après quelque temps le sexe perdait de son intensité et de sa fréquence. Avec Xavier, John et William, la relation sexuelle avait été terne d'emblée et n'avait jamais décollé. Ils ne l'avaient jamais autant excitée que Raphaël ou Grégoire, pas même au début. Elle se demanda si cette intensité n'était possible pour elle qu'avec des amants de passage, si elle ne laissait s'approcher un homme vraiment qu'en étant sûre qu'il s'éloignerait à nouveau, dès qu'elle le souhaiterait. Elle se demanda si elle n'avait pas, par quelque moyen mystérieux, reçu un message pendant son enfance l'enjoignant à tomber amoureuse d'hommes qui ne l'excitaient pas outre mesure.

Elle pressentait qu'il était possible de ne pas considérer le sexe comme un terrain conquis une fois pour toutes quand le couple est scellé mais plutôt comme une source d'exploration, une histoire dans l'histoire, destinée à s'écrire dans le temps avec l'expérience de l'autre, de son corps, de sa façon de vieillir.

Estelle voyait également Rodolphe, rencontré lors d'une soirée pendant laquelle il avait enlevé son alliance pour profiter de l'absence de sa femme, en voyage d'affaires. Quand ils s'étaient éclipsés, Rodolphe avait demandé s'ils pouvaient aller chez elle.

— J'allais justement proposer d'aller chez vous, chez moi ce n'est pas possible.

— Pourquoi ?

— C'est trop petit, nous dérangerions ma fille et mon baby-sitter.

— Chez moi non plus, ce n'est pas possible.

— Pourquoi ?

— Je suis marié.

— Ah bon ? Où est votre alliance ?

— Je l'ai enlevée ce soir. Ma femme est en Roumanie. Pourquoi souriez-vous ?

— Pour rien.

— Ça vous dégoûte, un homme qui enlève son alliance dès que sa femme a le dos tourné ?

— Disons que ça me fait sourire... Et vous avez des enfants ?

— Oui, un garçon et une fille. Deux. Deux enfants.

— Bien, et si nous allions à l'hôtel ?

— Comme vous voulez. Je n'ai jamais fait une chose pareille.

— Moi non plus.

En deux mois, ils ne s'étaient vus qu'à cinq reprises. Rodolphe n'appelait Estelle que pendant les déplacements professionnels de sa femme. Estelle était un peu agacée d'être obligée d'attendre qu'il l'appelle, elle ne supportait plus de dépendre du bon vouloir d'un homme. Elle en parla lors de la troisième rencontre. Il lui donna son numéro professionnel. Il voulait juste qu'elle ne téléphone pas à son domicile.

Ils se retrouvaient pour dîner, Rodolphe décrivait son travail d'inspecteur au centre des impôts de Bagnolet, les types de fraudes qu'il découvrait. Une fois de plus, Estelle expliqua quel était son métier. Ils parlaient aussi de leurs diverses expériences amoureuses (Rodolphe n'avait pas grand-chose à raconter à ce sujet) et de leurs fantasmes (Rodolphe était intarissable). Puis ils rejoignaient l'hôtel Joubert sur l'avenue du Père-Lachaise où ils restaient une à deux heures avant que chacun ne rentre chez soi. Il faisait preuve d'une avidité à l'exploration sexuelle qui amusait beaucoup Estelle en même temps qu'elle l'excitait. A la requête de Rodolphe, elle l'attacha dès leur deuxième rencontre avec la longue corde qu'il avait apportée, l'encula à la troisième avec le gode dont il venait de faire l'emplette. Estelle jouait le jeu, quelque peu inquiétée *a priori* par ses propositions mais fascinée dans l'action par le plaisir qu'il en retirait. Elle lui suggéra d'essayer avec sa femme de quitter les sentiers battus. Il éclata de rire. C'était parfaitement inenvisageable. La question n'était même pas de savoir si elle accepterait ; il était, lui, incapable de tenter d'apporter quelque nouveauté que ce soit à leur relation. Il était hors de question de mettre en danger l'équilibre qu'ils avaient peu à peu atteint. Il aimait sa femme plus que quiconque mais s'ennuyait au lit avec elle, c'était bien normal, disait-il, après quinze ans. Il ne l'avait encore jamais trompée et ne pouvait imaginer vivre séparé d'elle, leur histoire commune le comblait, mais la perfection n'étant pas terrestre, mieux valait chercher ailleurs et sans rien dire ce qui lui manquait.

— Vous faites encore souvent l'amour ?

— Une fois par semaine, pas plus.

— Et le reste du temps ?

— Je me branle dans la douche.

Estelle se mordait les doigts d'avoir invité Grégoire à déjeuner un 24 décembre, alors qu'il lui restait encore des cadeaux, les fruits de mer, le pain et le gâteau à acheter, le repas à mettre en route, les huîtres à ouvrir, se préparer… Mais Grégoire partait en province dans l'après-midi pour fêter Noël en famille. Il ne reviendrait pas à Paris avant le réveillon du Nouvel An, elle n'aurait pas d'occasion de le voir avant début janvier. Elle décida qu'à quatorze heures au plus tard ils se sépareraient. Walter la rejoindrait en fin d'après-midi. Quant à sa mère, elle n'arriverait à Montparnasse qu'en début de soirée. Cela laisserait à peu près le temps de tout régler. Mme Martin ne pouvait quitter Perpignan plus tôt, la vieille voisine invalide dont elle s'occupait ne devait pas rester seule et le fils ne prenait le relais que le 24 au matin. Estelle appela Grégoire pour lui demander d'être là avant midi.

Vincent sonna à vingt heures trente, les bras chargés de boîtes de chocolats. Il avait également apporté deux bouteilles de champagne. Estelle l'avait invité quand elle avait découvert qu'il s'apprêtait à réveillonner seul. Ses parents avaient quitté Limoges pour trois semaines aux Bahamas et il n'avait ni frère, ni sœur, ni oncle, ni tante. Il s'était quelque peu fait prier, c'était très embarrassant de débarquer chez les gens, comme ça, en plein réveillon de Noël.

— Vincent, je ne suis pas "les gens".

— Bon, alors d'accord.

A sa mère, Estelle avait juste dit que le 24 il y aurait aussi Walter et un ami.

— Un ami de Walter ?

— Non maman, un ami à moi. J'ai bien dit un ami, nous dînons ensemble de temps en temps, rien de plus, ne commence pas à extrapoler.

Quand sa fille le lui présenta, Lucette Martin fit néanmoins le plus accueillant sourire qu'elle était en mesure d'offrir. Ce jeune homme était un gars bien, cela se voyait au premier coup d'œil. Elle le prit par le bras dès qu'il eut serré la main de Walter, posé son manteau et souri à Wanda qui jouait sous le sapin de Noël. Elle l'entraîna vers la cuisine, on avait pris un peu de retard, les huîtres n'étaient pas ouvertes, il avait tout l'air d'être l'homme de la situation. Vincent se laissa faire. Il enfila le tablier que Lucette lui tendait, s'arma d'un couteau et commença son travail. Il n'était pas mécontent d'avoir quelque chose à faire. Il se sentait réellement intrus, le tablier et le couteau lui donnèrent une contenance.

— Vous avez quel âge, Vincent ? Je peux vous appeler Vincent ?

— Bien sûr.

— Appelez-moi Lucette.

— J'ai trente-cinq ans, Lucette.

— Comme ma fille. Et vous êtes divorcé, vous aussi, c'est l'époque.

— Non. Je ne suis pas divorcé.

— Ah bon, où est votre femme ?

— Je ne suis pas marié.

— Oh pardon ! Je suis tellement curieuse. On me l'a toujours reproché, vous savez, on ne se refait pas.

— Un peu, j'espère, avec de la volonté, non ?

Estelle entra.

— Vincent, ne te laisse pas faire.

— T'inquiète pas. J'ai un couteau.

Estelle sourit car elle savait que ce genre de phrase inquiéterait beaucoup sa mère. Et s'il parlait sérieusement, si ce garçon à l'air raisonnable et bien élevé s'avérait dangereux… Lucette ne dit rien et se concentra sur les petites tranches de pain qu'elle tartinait d'œufs de lump.

— Walter couche Wanda. On va pouvoir prendre l'apéritif.

Estelle avait eu le temps de préparer une jolie table. Sur une nappe de lin, elle avait posé un carré d'organza rouge qu'elle avait saupoudré de pétales argentés. Une dizaine de petites bougies complétaient l'éclairage tamisé. Quand elle récupéra le tablier de Vincent, elle s'aperçut qu'il avait fait un remarquable effort. Il avait abandonné son uniforme habituel, jean et pull, pour un pantalon noir en velours grosses côtes et une chemise rouge sombre taillée dans un joli coton épais et brillant. Elle l'installa à sa gauche. Walter prit place à sa droite et Mme Martin en face. Estelle ouvrit le champagne et remplit les coupes.

— A ce premier Noël rue Orfila !

Estelle et Walter servirent et desservirent les plats pendant que Vincent s'immergeait dans la vie perpignanaise de Lucette. Après le dessert, Mme Martin annonça qu'elle allait se coucher.

— Je vous laisse entre vous, j'espère que je ne vous ai pas trop barbés.

— Mais pas du tout.

— Vous êtes trop gentil, Vincent.

Il était à peine vingt-deux heures. Estelle éteignit les lumières, les bougies suffisaient quand on chuchotait pour ne réveiller personne. Tout devint plus silencieux. Walter parla de sa relation épisodique avec son voisin australien, de la nécessité de ne pas l'effaroucher en lui donnant l'impression d'être en demande, du plaisir qu'il éprouvait à être épisodiquement accepté dans la solitude de son "surfeur". Vincent brossa en quelques phrases le tableau du désert affectif qu'il continuait à traverser.

— … mais j'ai encore des réserves d'eau, je ne perds pas espoir.

Estelle raconta Raphaël, Grégoire, Rodolphe et ses fantasmes, dit qu'elle se sentait à contre-courant, en pleine libération quand l'époque demandait aux femmes de se "libérer de la libération obligatoire", de ne pas se sentir obligées de travailler, de redécouvrir les joies de la maternité à plein temps, "ne vous trompez pas mesdames, redécouvrez les vraies valeurs, la modernité est là". Elle expliqua à quel point elle se sentait loin de ce discours réactionnaire se dissimulant sous des dehors actuels.

Estelle était très nerveuse. Vincent lui plaisait. Leurs dîners automnaux lui avaient, un peu plus chaque fois, permis de sentir chez ce grand type qui se débattait dans son corps et dans sa vie quelque chose qu'elle ne connaissait pas, qu'elle ne pouvait définir et dont elle ne savait trop quoi faire.

Estelle versa du champagne dans les coupes.

— A la prochaine oasis sur ton chemin, Vincent.

Il était charmant. Séduisant sans être séducteur, drôle sans faire le clown. Il ne poussait rien, n'était pas sûr de lui mais ne confondait pas son manque de sûreté avec de la faiblesse.

Vers deux heures du matin, il jeta sa serviette sur la nappe. Il allait rentrer. Il partait le lendemain matin marcher dans le Haut-Atlas, il décollait à neuf heures et n'avait pas encore terminé son sac. Il serra la main de Walter.

— J'ai été ravi de faire ta connaissance.

— Moi aussi.

Il enfila son manteau, se dirigea vers le vestibule, fit la bise à Estelle.

— J'ai passé une soirée merveilleuse.

Elle lui sourit, lui souhaita de bonnes vacances au Maroc et referma la porte. Une certaine timidité les tenait encore à distance. En l'écoutant prendre congé, Estelle avait observé ses yeux. Elle avait pu y lire qu'il l'attendait. Elle se demanda si elle n'avait pas embarqué, elle aussi, s'ils n'étaient pas, à présent, dans le même bateau. L'éventuelle perspective d'être deux lui procura autant d'inquiétude que d'euphorie.

Estelle rejoignit Walter qui s'activait dans la cuisine. Tout en lavant la vaisselle, il lui dit qu'il trouvait ce Vincent sympathique mais compliqué.

— On est tous compliqués, je crois. Il y en a juste qui le montrent plus que d'autres. Moi je trouve ça plutôt positif.

Walter ne commenta pas. En certaines occasions, il se trouvait encore bien jeune.

Estelle avait laissé sa chambre à sa mère, ils dormiraient dans le canapé tous les deux. Le rangement leur prit une petite heure. Avant d'éteindre, Walter se tourna vers Estelle.

— Tu sais, j'ai pensé à un truc. L'appartement de mon père est inoccupé et c'est complètement idiot. Toi et Wanda, vous n'avez pas tellement de place ici…

— Tu es gentil mais cet appartement vous appartient, à toi et à ta sœur, je n'ai rien à faire là-bas.

— Ecoute-moi au moins, j'ai pas fini.

— Bon.

— Il nous appartient, c'est vrai, mais Wiwi et toi n'étiez pas divorcés. Légalement, tu étais toujours sa femme au moment de son décès, les dispositions que vous aviez prises pendant votre mariage sont donc valables, tu as l'usufruit de l'appart. Ne t'énerve pas, je te répète ce que le notaire m'a dit. Tout ça est très officiel. Tu es en droit d'y habiter, tu es la personne qui est en droit d'y habiter.

— Je ne pourrais pas.

— Réfléchis. Tu n'es pas obligée de te décider maintenant. Mais pense à deux choses : cent trente et un mètres carrés et pas de loyer.

— On dort ?

— On dort. Joyeux Noël !

— Joyeux Noël.

Walter éteignit.

Vincent avait embarqué depuis longtemps. Il ne savait pas par quel moyen s'approcher d'Estelle. Il y pensait du matin au soir. Il la voyait de temps en temps, une à deux fois par mois depuis septembre, elle semblait prendre beaucoup de plaisir à le retrouver et lui accorder une grande confiance, lui racontant par le menu sa vie, son travail et ses aventures. Elle avait beau accumuler les amants, elle était libre. Il hésitait entre laisser passer du temps et suivre son instinct, trouver un moyen de se déclarer. Il avait opté pour la première solution car il estimait que la seconde pouvait nuire. S'il allait trop vite, il risquerait d'effaroucher celle qui avait, encore trop récemment, traversé les épreuves de la séparation, qui n'avait peut-être pas terminé d'en faire son deuil (il ne pensait même pas au décès de l'ex, l'avait enterré au plus profond de sa mémoire), celle qui allait à coup sûr y regarder à deux fois avant de se jeter la tête la première dans une nouvelle relation, préférerait tremper un orteil pour goûter, glisserait le pied si la température lui convenait, puis la cheville, le mollet, le genou…

Il se réveillait avec elle, prenait son café et ses tartines à côté d'elle, elle l'accompagnait au lycée, le distrayait pendant les cours, il allait à coup sûr passer ses vacances dans le Haut-Atlas en sa compagnie, ne se sentirait jamais seul et, à présent, elle se serrait derrière lui, sur son scooter, alors qu'il traversait Paris déserté.

Vincent, ne connaissant personne dans le groupe de marcheurs, prit dès l'aéroport la position du joyeux luron qui lui revenait en général, en pareille situation. On compta vite sur lui, le soir, au campement, pour mettre un peu d'animation. Avant de dormir, il consignait dans un journal les pensées qu'il avait eues, pendant la journée, alors qu'il s'isolait et marchait seul au milieu de l'immense paysage. Un matin prévu pour le repos, il monta à l'aube au sommet d'une grande dune de sable, se tourna vers le levant, s'assit, écouta le désert puis sortit son journal et lut, à haute voix.

— Puisque aucune foi ni aucune loi ne me retient sur terre de force et ne m'empêche de prendre la mesure du vide, de l'absence totale qui m'attend, puisque seule l'interdiction que je m'impose à moi-même me tient lieu d'assurance sur l'avenir, ne pas décider de disparaître avant mon père et ma mère, serment que je respecterai aussi longtemps qu'il est en mon pouvoir de rester en bonne santé, puisqu'il est exclu de choisir le rien à la place du pas grand-chose, de se poser même la question, de peser même le pour et le contre, pour quelques années encore, puisque j'ai demandé au hasard et à mon usine souterraine d'orienter mes choix et rencontres fortuites vers une possibilité de connaître l'amour, ne serait-ce qu'une fois, de traverser cette vallée-là, d'y séjourner le temps de sentir dans ma chair que la vie, même sans utopie, vaut la peine, j'accepte à l'avance les déconvenues, leurres, chausse-trapes, y survivrai, car il s'agit de rester encore, et, tant qu'à faire, ménager la possibilité d'être prêt le jour où ce paysage espéré s'ouvrira devant moi. Aujourd'hui, Estelle, j'escalade avec confiance les derniers hectomètres de rochers qui me séparent de la vue sur ce qui suit, j'accepte à l'avance ce que je vais découvrir derrière le sommet que j'aperçois, je ne cherche pas à l'imaginer, tout juste m'y rends, disponible.

Quand Estelle ouvrit la porte de l'appartement, elle en reconnut immédiatement l'odeur. Son odeur était là, il régnait un froid de canard après plus d'un mois d'hiver sans chauffage et son odeur était encore là. Elle n'osa pas ouvrir une seule fenêtre, repartit.

Elle engagea une femme de ménage que lui recommanda la concierge de l'immeuble. Après tout, elle pouvait bien se le permettre, maintenant qu'elle n'avait plus de loyer à payer. Elle n'y remit pas un pied avant que le ménage ait été fait à fond, les parquets cirés. Il restait à vider les placards. Elle ne savait que faire des habits de William. Walter proposa de tout porter chez Emmaüs. Estelle lui conseilla d'appeler ses grands-parents d'abord, peut-être voudraient-ils récupérer certains effets. Rendez-vous fut pris le lendemain avec les Willermin.

M. Willermin attaqua bille en tête.

— Qu'est-ce que vous faites ici, vous ?

Estelle ne sut quoi répondre. Walter s'approcha de son grand-père.

— Ecoute, papi, tu parles sur un autre ton, s'il te plaît, sinon vous repartez tout de suite.

— Ça ne vous a pas suffi de le briser, vous voulez le dépouiller, maintenant ?

Sentant les larmes monter, Estelle attrapa son manteau et sortit se promener au Père-Lachaise. Après avoir pleuré tout son saoul, elle se ressaisit, pas question de se laisser culpabiliser par ce vieux con. Elle marcha à bon rythme le long des allées pavées, courut presque, comme pour s'échauffer avant une compétition. Au bout d'une demi-heure, son portable sonna. Elle pouvait remonter, ils étaient partis.

Ils avaient menacé Walter d'attaquer Estelle en justice si elle emménageait. Elle avait quitté son mari, unique propriétaire des lieux, tant pis pour elle. Après leur avoir donné quelques informations légales tendant à prouver qu'ils perdraient le procès, il avait fait planer l'éventualité de couper les ponts s'ils continuaient à insulter de la sorte leur ex-belle-fille, leur fils avait été assez grand pour construire son propre malheur tout seul, même si on pouvait comprendre qu'ils souffraient de son absence, ils n'étaient pas les seuls et, pour finir, c'était dans leur intérêt de garder des relations cordiales avec la mère de leur petite-fille.

— Et de toute façon, Estelle, on les emmerde.

Ils avaient emporté quelques photos, un costume et un blouson en cuir. "Toujours ça qu'elle n'aura pas", avait dit Mme Willermin à son mari en remplissant une valise trouvée sur une armoire.

Estelle installa sa chambre dans son ancien bureau, son bureau dans l'ancienne chambre de Walter, pressentant qu'il allait falloir apprivoiser la mémoire suintant des murs. Elle referait la salle de bains dès que ses finances le lui permettraient.

Quand Walter restait dormir, il s'installait dans l'ancien bureau de son père. Seule Wanda ne bougea pas. La pièce dans laquelle Estelle et William avaient couché fut attribuée à la télévision. Estelle y plaça le petit canapé convertible qu'elle avait acheté pour la rue Orfila et le fauteuil club sur lequel elle avait posé ses habits, le soir, pendant plusieurs mois, dans cette même pièce.

La première nuit, Estelle rêva de William. Elle était assise en face de lui, ne parvenait pas à lui parler. Il bloquait les mots en appuyant sur sa gorge. Alors elle se levait, saisissait sa chaise et la lui cassait sur la tête. Elle se réveilla, le ventre noué par la colère et la culpabilité d'en vouloir encore à un mort.

Estelle n'avait pas réfléchi très longtemps à la proposition de Walter. Elle avait donné son congé rue Orfila avant la fin décembre afin de ne pas perdre un mois. Elle déménagea la première semaine de janvier et sous-loua son appartement à la nièce américaine d'une amie traductrice qui venait avec son copain passer trois mois à la Sorbonne dans le cadre d'une bourse d'études, leur laissant son lit, quelques meubles et ses ustensiles de cuisine qu'elle récupérerait plus tard.

L'appartement était très grand. Wanda s'y perdait. Un soir, Estelle proposa à Walter de venir y habiter, avec elles. Il aurait deux pièces pour lui : il pourrait récupérer la salle de télévision, en plus de la chambre dans laquelle il dormait déjà régulièrement. Il ne s'y attendait pas.

— Ça n'est pas bizarre de revenir vivre en famille à vingt-deux ans ?

— Ecoute, Walter, je ne suis pas ta mère, tu seras complètement indépendant, tu pourras ramener qui tu veux quand tu veux, tu seras chez toi, quoi. D'ailleurs tu es chez toi, ici, je te le rappelle.

— Ouais.

Il essayait d'imaginer ce que cela pourrait donner.

— Ce serait un peu comme une colocation.

— Si tu veux.

— De toute façon, on peut essayer, on verra bien.

Il emménagea sans attendre, son "trou à rats" lui sortait par les yeux et comme il n'avait jamais réussi à obtenir un contrat de bail il n'eut aucun scrupule à partir sans préavis.

Il transbahuta son lit jusqu'à la "salle de télévision", se déclara insensible aux fantômes. Son ordinateur et ses livres de mathématiques trouvèrent leur place là où il avait dormi en tant que visiteur. Il préparait alors un DEA en algorithmique.

Estelle fit la connaissance de Jeffrey. Le sauvage "surfeur" accepta de venir dîner et dormir dans le vingtième un soir où il ne travaillait pas. Sa beauté lui coupa le souffle quand elle ouvrit la porte. Walter eut le loisir de rencontrer Grégoire, avec lequel il sympathisa immédiatement, puis Rodolphe, qui fut convié à domicile. Avec lui, le courant ne passa pas du tout.

— Excuse-moi, mais ce mec est un gros nul.

— Je sais Walter, mais je m'en fous. Il m'excite. Ce genre d'homme m'excite. Je me sers de lui comme il se sert de moi. C'est un échange de bons procédés.

Wanda aussi accueillit Grégoire avec enthousiasme. Il lui apportait des bonbons, de jolis dessins et jouait toujours un moment avec elle. Elle ne vit jamais Rodolphe.

Depuis son retour du Maroc, Vincent n'appelait pas. Il restait des heures dans son fauteuil à écouter les papillons dans son ventre. Estelle gardait aussi le silence. Elle pressentait que la prochaine fois qu'ils se verraient ils se lanceraient dans leur histoire commune. Elle se laissait flotter. Elle pensait souvent à lui, chérissait ce moment qui s'étendait, voulait l'étirer un peu, rester encore sur son nuage, là où rien n'a été signifié de ce qui est en train de se jouer. Il s'agissait aussi de fabriquer du temps passé, le plus possible, entre William et un autre homme avec lequel il était envisageable de partager le quotidien. Estelle pensait que chaque moment supplémentaire comptait, elle le sentait comme cela, avait l'impression de crever jour après jour les mauvais ballons pour ne garder que les bons. Peu à peu, tout s'allégeait en elle. Son cœur accélérait pour un rien, elle n'avait pas connu cet état depuis bien longtemps. Elle espérait juste que l'attente ne détruirait rien chez lui. Il lui arrivait encore d'être submergée par de soudaines angoisses qu'elle ne parvenait à raisonner qu'en parlant avec Viviane ou Walter ("Pourvu qu'il ne se transforme pas dès qu'on aura couché ensemble… Pourvu qu'il ne se sente pas obligé d'avoir des idées à ma place… Il va falloir tout raconter, à nouveau, qui je suis, ce que j'ai fait, avec qui… Pourvu qu'il ne soit pas possessif, je ne supporterai pas de crise de jalousie sur mon passé, le skieur, l'Américain, le mari, pas question, pas même le souffle d'inspiration avant la première phrase de la scène… Et il va falloir l'écouter raconter, lui aussi, il va falloir patienter le temps que cela dure, le temps de savoir qui, vraiment, est là, ce que je peux envisager avec… Pas question que je me batte pour être partie prenante dans toute décision me concernant… Pourvu que je ne lui fasse pas peur… Pourvu qu'il ne soit pas traumatisé parce que je gagne plus que lui… Je veux qu'on dorme chez moi la première nuit, s'il me casse les pieds je le fous dehors avant l'aube… Non… Chez lui, c'est mieux, je pourrai me sauver… Pourvu que j'arrive détendue, pour l'instant j'ai l'impression d'être remontée comme une pendule… Pourvu que Wanda s'entende bien avec lui…")

Elle voyait déjà sa tête posée sur l'oreiller, tournée vers elle, à moitié enfouie dans les plumes.

Estelle déchira le papier cadeau du volumineux paquet que Vincent lui avait tendu en entrant. Walter ouvrit le carton.

— Une poubelle ! C'est gentil, merci !

Jeffrey était venu assister au déballage de l'objet, il éclata de rire.

— Moi je considère qu'une pendaison de crémaillère est l'occasion d'offrir un objet pratique… Je suis peut-être un peu… Vous en avez déjà plein ?

— Oui mais pas de si belles. Merci beaucoup.

Estelle et Walter se relevèrent en même temps et embrassèrent un Vincent rougissant. L'objet oblong en acier brossé avec couvercle commandé par une pédale fut exposé sur la table basse du salon près des livres, CD, bouteilles et bouquets que les autres invités leur avaient apportés. Les nombreux amis de Walter occupaient le canapé et ses environs, la génération antérieure avait pris ses quartiers dans la salle à manger. Au moment de lancer ses invitations, Estelle s'était aperçue qu'elle avait sérieusement fait le vide autour d'elle. Elle décida que ce n'était pas l'occasion dont elle profiterait pour raviver les relations en sommeil et n'avait convié que les intimes.

Accompagnée par Vincent, elle rejoignit Viviane, Nicolas et Grégoire qui discutaient, debout devant une fenêtre. Walter et Jeffrey créaient un pont entre les deux groupes en remplissant de champagne les coupes vides. Vincent observa consciencieusement le Grégoire dont il avait entendu parler, cet amant si "efficace". Ce garçon portait écrit sur ses cheveux bruns et souples, son visage carré, ses épaules rondes, ses mains épaisses, son torse, sa braguette, ses jambes, ses pieds même, qu'il savait plaire sans effort. En comparaison, Vincent se trouva sexy comme une saucisse de Strasbourg trop cuite. Aussi se consola-t-il en vidant sa coupe d'une traite et en demandant à Jeffrey de bien la remplir à nouveau, car il souhaitait se noyer dedans. L'Australien versa le champagne sans poser de questions, il s'agissait du *French man* à la poubelle, mieux valait ne pas trop chercher à comprendre.

Estelle regardait Vincent regarder Grégoire et se décomposer. Elle bascula dans une délicieuse impatience.

Les premiers convives, les plus âgés, parlent de quitter la fête vers une heure du matin. Les plus jeunes dansent, Jeffrey le discret s'est improvisé DJ. A une heure et quart, le premier manteau est enfilé, provoquant une cascade d'embrassades sur le pas de la porte, remerciements et départs. Vincent est assis dans un canapé, il attend Estelle pendant qu'elle accomplit son devoir de maîtresse de maison. Elle ne tarde pas à le rejoindre. Ils parlent par intermittence. La musique assourdissante rend la conversation difficile mais Estelle, pétrifiée, ne parvient pas à prendre Vincent par la main, à l'entraîner ailleurs, vers la suite, un coin calme, une lumière tamisée, une clairière, une île du Pacifique, sa chambre. Elle bâille beaucoup, dit régulièrement “je suis fatiguée”, pense “je n'y arriverai pas”. Changer de vie, prendre des risques, accepter un autre monde à côté du sien, encore une fois, déjà ? Comment trouver la force de construire en aveugle, comment perdre ces réflexes qui ramènent sur les rails de la conjugalité et tuent l'amour ?

Vincent, lui, attend, encore et toujours. Il ne pourra rien tenter. Il n'est sûr de rien, il se refuse à lire quelque invite dans le mutisme d'Estelle, assise à côté de lui depuis plus de deux heures déjà, son genou gauche appuyé au sien, c'est vrai, mais, comme il l'a déjà dit, la vie ne l'a pas rendu optimiste.

A trois heures dix, il se lève, disparaît dans le couloir, revient dans son anorak.

— Je vais rentrer.

Estelle lui sourit, l'accompagne en silence vers le vestibule qu'elle trouve soudain bien proche, si nous disposions de quelques mètres supplémentaires, peut-être… Mais il ouvre la porte, se retourne et tend la joue. Ils se taisent, s'embrassent. Tout juste parvient-elle à poser une main sur son épaule. Vincent attend l'ascenseur, de dos, se retourne une dernière fois avant d'y pénétrer, sourit juste, et Estelle sourit juste, aussi. Estelle referme la porte, secoue la tête en répétant "j'y arrive pas", à haute voix.

Après une minute, Estelle descend dans la rue. Vincent ne s'est pas assis sur un rebord de fenêtre, n'a pas laissé tomber sa tête dans ses mains, ne lève pas les yeux en l'entendant s'approcher, il cuve sa déception au-delà, déjà, du premier coin de rue, serre un poing fermé sur son ventre noué, descend vers la station de taxis, où, par miracle, le seul de la soirée, une Peugeot l'attend.

Estelle se couche, se traite d'adolescente attardée et autres noms d'oiseaux et s'endort. Le lendemain, c'est décidé, elle l'appellera, tombera probablement sur son répondeur, l'invitera au théâtre pour le surlendemain, *Hamlet* à Nanterre, elle a deux places, alors s'il n'a rien de mieux à faire.

— Bon, voilà, je suis désolé.

— Ça peut être joli, aussi, un sexe mou. Le tien est très joli.

— Merci.

— Bien proportionné, nerveux et charnu à la fois.

— Ah.

— Il y en a qui sont si laids, hou là là, si tu savais…

— Je pensais que cette fois-ci… Mais non.

— C'est pas grave. Je me permets de te rappeler que j'étais au courant.

— Oui mais bon.

— Alors je m'y attendais un peu.

— A la bonne heure.

— Et ce bel endormi, faut-il l'abandonner à son sommeil ?

— Pas forcément, si ça se trouve il ne dort pas très profondément.

— J'essaie de le réveiller ?

OUVRAGE RÉALISÉ
PAR L'ATELIER GRAPHIQUE ACTES SUD
REPRODUIT ET ACHEVÉ D'IMPRIMER
SUR ROTO-PAGE
EN FÉVRIER 2003
PAR L'IMPRIMERIE FLOCH
A MAYENNE
POUR LE COMPTE DES ÉDITIONS
ACTES SUD
LE MÉJAN
PLACE NINA-BERBEROVA
13200 ARLES

DÉPÔT LÉGAL
1re ÉDITION : JANVIER 2003
N° impr. : 56440.
(Imprimé en France)